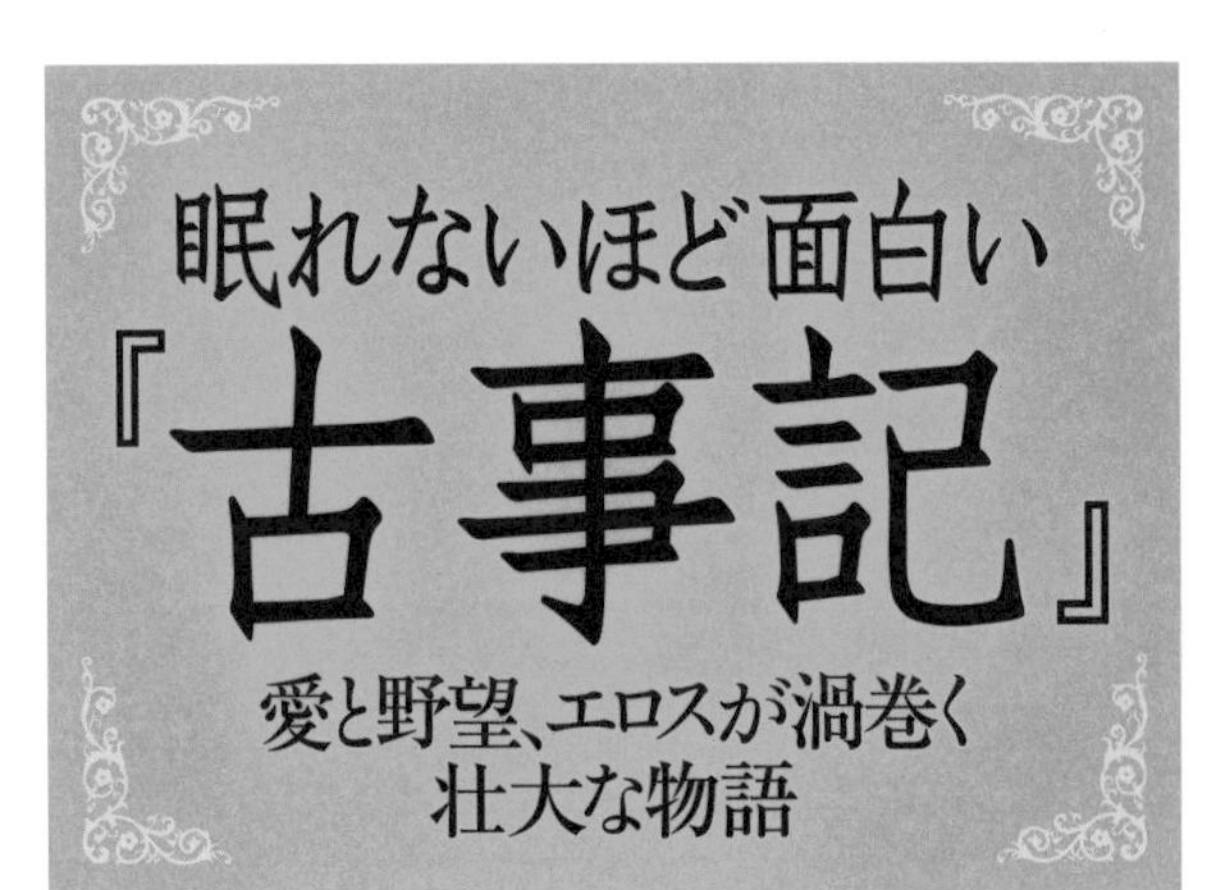

眠れないほど面白い『古事記』

愛と野望、エロスが渦巻く壮大な物語

由良弥生
Yura Yayoi

三笠書房

はじめに——陰謀、戦い、禁断の恋……野望と愛欲に満ちた壮大な物語（ストーリー）

「ふることぶみ」とも称される『古事記』は、上・中・下の三巻から成り、でき上がったのは八世紀の初め、七一二（和銅五）年のことであり、現存するわが国最古の書物といわれています。

上巻は天地開闢（かいびゃく）から天孫降臨（てんそんこうりん）前後にいたる神々の物語、中巻は初代神武（じんむ）天皇から第十五代応神（おうじん）天皇までの出来事、下巻は第十六代仁徳（にんとく）天皇から第三十三代推古（すいこ）天皇までの出来事が収められています。

上巻の序文によれば、『古事記』の企画立案者は第四十代天武（てんむ）天皇（在位６７３～６８６）で、天皇はこんなようなことを言っています。

「いろいろな家に帝紀（天皇の系譜）とか旧辞（神話・伝説など）とかという歴史的な伝承があるが、どうも誤りや乱れがあるようだ。ここで諸家の所伝を正しておかないと、のちのち困ることになる。本当の記録をつくって後世に伝えようと思う」

伝承というのは、具体的な事物に結びつけて語り伝えられ、人々がその内容を事実として信じているものです。それに誤りや乱れが見えるので、正しておこうというわけです。

そこで天皇は計画を実現すべく、稗田阿礼（ひえだのあれ）という語部（かたりべ）の舎人（とねり）（下級官人）を召し出します。語部とは、文字のなかった時代に語り伝えられてきたことを口づてに伝えること（口承（こうしょう））を仕事としていた人々です。

阿礼は抜群に記憶力のいい人でした。その阿礼に、イザナキ・イザナミの誕生からアマテラス大御神（おおみかみ）の誕生を経て七世紀後半にいたるまでの、天皇家の系譜や、それにまつわる神話・伝説を習い覚えるように命じました。『古事記』成立の、およそ四十年前のことです。

その仕事は天武天皇が亡くなったために中断されますが、第四十三代元明（げんめい）天皇（在位７０７〜７１５）が惜しんで、民部（みんぶ）省の長官である太安万侶（おおのやすまろ）に阿礼の暗唱を書き記すよう命じました。民部省とは、租税・戸籍など民政全般、特に財政を担当していた省です。

この時代、まだ平仮名や片仮名がありませんでしたので、安万侶は阿礼の暗唱を漢字だけで筆録しました。

　こうしてでき上がったのが『古事記』なのです。

　とはいえ、史実としてすべて受け入れるのにはムリがあります。なぜなら、『古事記』というのは大和（やまと）政権（大和朝廷）——奈良盆地を中心とする畿内の首長連合でつくられた政治権力——の基盤が固まったとき、神々と天皇家の系譜を明らかにする目的でつくられたものなので、都合の悪い出来事は捨てられ、また意図的につくられた出来事があると考えられるからです。

　ちなみに「大和」というのは旧国名で、奈良県全域に相当します。それが日本国の別名となったのは、平安遷都（せんと）以前に歴代の皇居があったからです。もとは「倭」と書かれていたのですが、元明天皇のとき、「倭」に通じる「和」の字に「大」の字をつけた「大和」を用いることが定められたのです。

　ところで『古事記』には神々と天皇家の系譜のほか神話・伝説、それに多くの歌謡が含まれていて、神々や歴代天皇の恋と野望に満ちたドラマが、次から次へと登場します。

その恋はとても情熱的です。異性に心を奪われると、思ったことを隠さずに、そのまま言ったりします。偽ったり飾ったりしません。ありのままの感情を相手にぶつけます。ときには胸を締めつけられるような、切ない気持ちにさせられる危険な恋をしたりします。

また、その野望はとても大胆です。征討（せいとう）・反逆などの戦いを引き起こしたりします。このような恋愛と戦いが、叙情的に語り伝えられています。

本書では、いにしえの霞（かすみ）のかなたに広がる神話・伝説の世界へ楽しみながら入っていかれるよう、神々や歴代天皇のドラマを「古事記物語」として大胆に再現することを試みました。気楽に楽しんでいただければ幸いです。

そして興味をお持ちになられたら、ぜひ漢字だけの原文を訓読した「書き下し文」にあたって、その奥深さを味わってみてください。

なお神々を呼ぶ場合、普通は一柱（ひとはしら）、二柱（ふたはしら）と呼ぶのですが、『古事記』に登場する神々はとても人間臭（くさ）い存在です。そこで姿を見せない神々は一柱、二柱と呼び、それ以外の神々は一人、二人と呼ぶことにしました。

由良弥生

もくじ

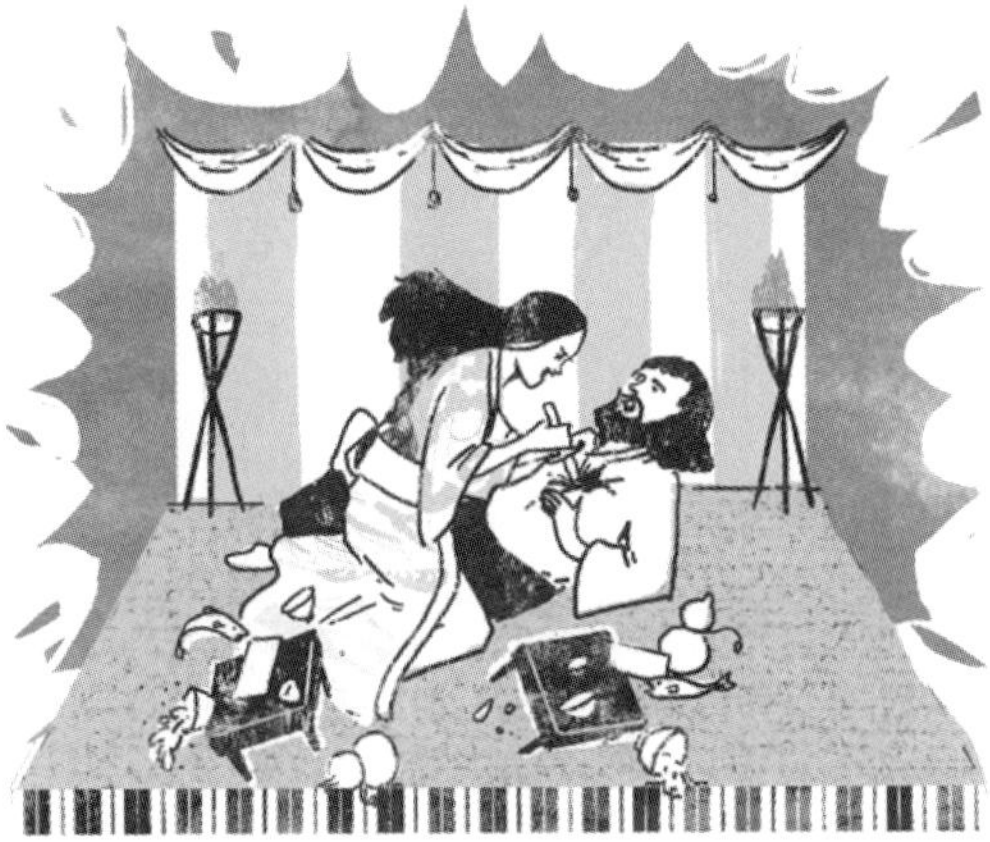

【下巻】

本文イラストレーション○3rdeye

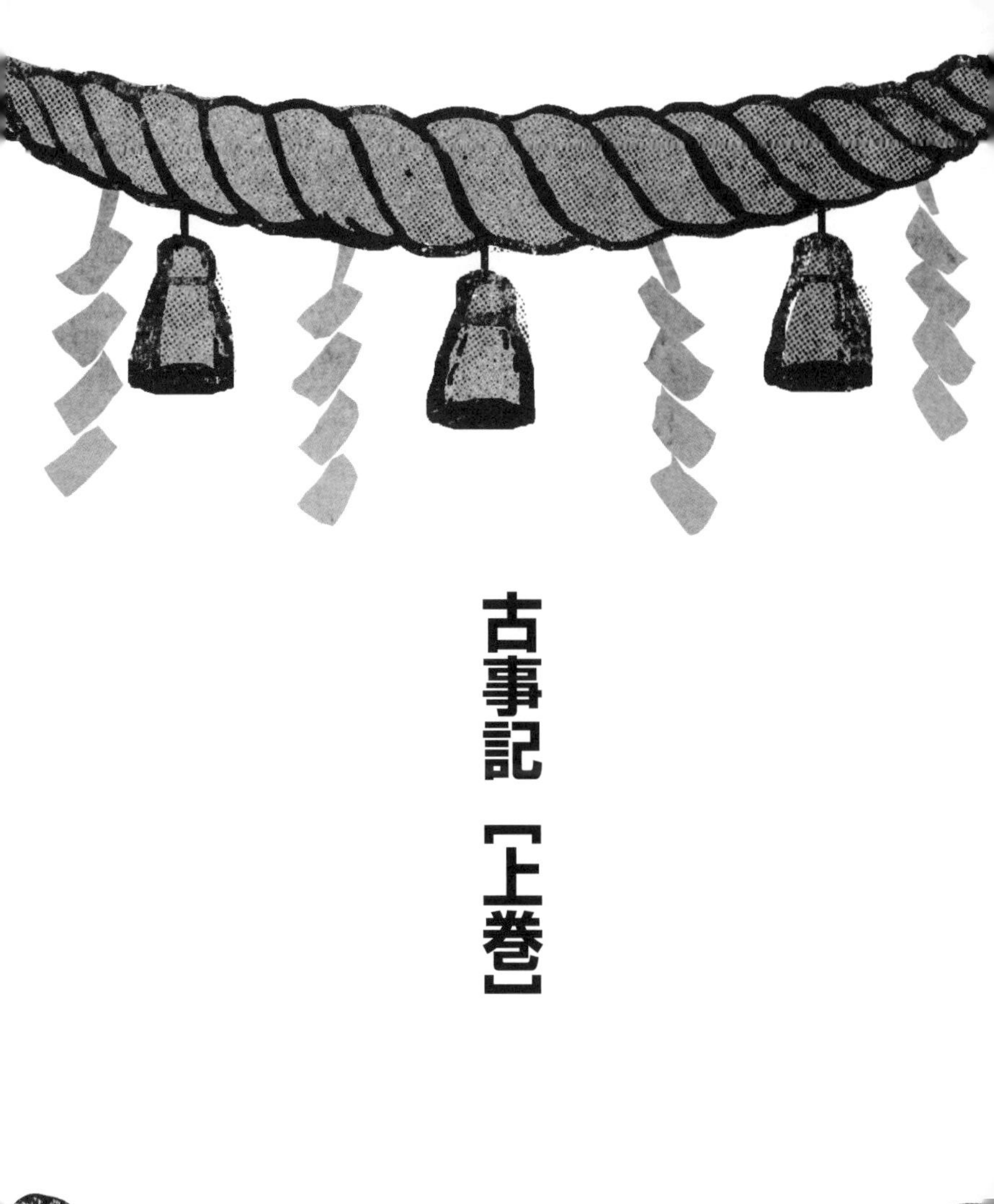

古事記【上巻】

1　イザナキとイザナミの誕生——国生みと神生み

◇神々の誕生

そのとき天と地はいまだ分かれず、まじり合っている状態が無限に広がっていた。

やがて天と地とが分かれたとき、天のとても高いところ、高天原（たかまのはら）と呼ばれる天上界に、次々と神が立ち現われた。

最初に立ち現われた神は、天の中央にあって天地を主宰するアメノミナカヌシノ神（天之御中主神）。次に立ち現われたのは天上界の創造神・タカミムスヒノ神（高御産巣日神）と、地上界の創造神・カムムスヒノ神（神産巣日神）。

どちらも万物の生産・生成をつかさどる神だ。この三柱（みはしら）の神々は、性別のない単独の神（独り神（ひとりがみ））で、姿を見せることがなかった。

次に地上が、地上といえるほど固まっておらず、水に浮かぶ脂のような状態で、クラゲのように漂っていた頃、まるで水辺の葦牙（葦の芽）が一斉に泥沼の中から芽ぶいてくるかのように立ち現われたのが、生きとし生けるものに生命を吹き込むウマシアシカビヒコヂノ神（宇麻志阿斯訶備比古遅神）である。次に立ち現われたのが天上界の永遠を守るアメノトコタチノ神（天之常立神）。この二柱の神も、性別のない独り神で姿を見せることがなかった。

以上の五柱の神は、天つ神（天上界にいる神）の中でも特別の神である。

次に、天に現われた神々に対して地に現われた神は、まず国土（地上界）の永遠をつかさどるクニノトコタチノ神（国之常立神）で、次に大自然に命を吹き込むトヨクモノノ神（豊雲野神）である。この二柱の神も独り神で、姿を見せることがなかった。

やがて男女一対の神々が五組、次々と立ち現われた。そして最後に立ち現われた一組が、男神のイザナキノ神（伊邪那岐神）と女神のイザナミノ神（伊邪那美神）である。

以上、クニノトコタチノ神からイザナミノ神までを、神代七代と云う。これは最初の二柱の神はそれぞれ一代、男女一対の神は合わせて一代とする数え方である。

◆オノゴロ島の誕生

ある日のこと――。

最初に立ち現われた三柱の天つ神たちが合議をした。その上で、イザナキノ神とイザナミノ神を呼び出し、こう言いつけた。

「地上はいまだ水に浮かぶ脂のように浮遊しているばかり。よって地上を固め、整えよ」

このときイザナキ・イザナミの男女一対の神に、天沼矛という矛（刺突用の武器）を授けた。

そこで二人はその神聖な矛を持って、さっそく天と地とを結ぶ天の浮橋という架け橋の上に立った。そして天つ神から授けられた矛を刺し下ろして、脂のようにどろどろと漂っている地上をかきまわした。海水をこおろこおろとかき鳴らし、引き上げた。

すると、矛の先から滴るどろどろとした潮（塩）が積もり、それは見る間に凝り固まって島となった。この島が、潮がおのずから凝り固まってできたというオノゴロ島

（淤能碁呂島＝自凝島）である。

このオノゴロ島を拠点に、イザナキ・イザナミの二人は国づくりを開始する。

◇まぐわいの儀式

イザナキノ神とイザナミノ神の二人は、さっそくオノゴロ島に降り立った。そして、まず天の御柱（神聖な柱）を建て、それを中心として広い御殿を建てた。

そこでイザナキは、イザナミの目をじっと見つめて、こう聞いた。

「あなたの体は、どのようにできているのですか」

（なんですって……）

イザナミはいささか驚いたことだろうが、こう素直に答えた。

「私の体は、成り成りて、成り合わないところが一カ所あります」

（なに、成り合わないところがあるって……）

裂け目があるというのか――。

そこでイザナキは、ずばり言う。

「私の体には、成り成りて、成りあまったところが一カ所ある」

（え、余計な出っ張りがあるって……）

どういうことかしら、という顔つきのイザナミに、イザナキはこう畳みかける。

「私の余計な出っ張りで、あなたの裂け目を刺し塞ぎたい。どうだろう」

イザナキはまぐわい、すなわち男女の営み（性交）を提案した。

（なんですって……）

気色ばんだ様子のイザナミに、

「いや、いや。そうすることで子（国）を生もうと思うのだが……」

（なるほど……そういうことなのね）

最初は驚いたものの、遠まわしでなく、ありのままの感情をぶつけてくるイザナキに好感を抱いたのだろう。それならばと、イザナミはイザナキの申し出に同意した。

二人は儀式をしてから夫婦のかため、すなわち交わりを結ぶことにする。建てたばかりの神聖な柱をめいめい右と左から巡り合い、出会ったところで声を掛け合い、それから寝所に入ることにした。

この柱を回る儀式は、作物のできがいいことを願う呪術的儀礼に由来するようだ。

いずれにしてもイザナキは左から、イザナミは右から柱を巡った。出会うと、女神のイザナミのほうから先に声をかけた。

「ああ、なんてすばらしい男の方でしょう」

「ああ、なんてすばらしい乙女だろう」

互いに感嘆したあと、イザナキはイザナミにこう小言を言った。

「女が先に声をかけたのはよくないしるしだ」

けれども、そのまま寝所に入った。そしてイザナキは自分の成りあまれるもので、イザナミの成り合わぬところを刺し塞いだ。

こうして生まれた子どもは、様子がおかしかった。骨のない蛭（ひる）のような水蛭子（ひるこ）だった。そのため葦の舟に乗せて海に流し捨てた。次にイザナミは淡島（あわしま）を生むが、これもできそこないの島で、御子（みこ）の数には入れなかった。

（なぜなんだ……）

できそこないが生まれたことを理解できない二人は、天（あま）つ神（かみ）の意見を聞いてみようと、オノゴロ島から高天原（たかまのはら）に戻った。

◇イザナミの悲劇

イザナキ・イザナミノ神の話を聞いた天つ神は、太占という牡鹿の肩骨を焼いてそのひび割れの形で吉凶を判断する占いをさせた上で、二人にこう言った。

「女から先にものを言ったのがよくない。もう一度やり直すのがよい」

イザナキは、やはりという思いだったであろう。

いずれにしても二人は再びオノゴロ島に下ると、また柱を巡り回って、今度はイザナキのほうから先に声をかけた。

「ああ、なんてすばらしい乙女だろう」

「ああ、なんてすばらしい男の方でしょう」

こうして寝所にこもってまぐわった結果、今度は立派な島々をイザナミは生んだ。

まず淡路島、次に四国、次に三つ子のように三島からなる隠岐島、次に筑紫島（九州）、次に壱岐島、次に対馬、次に佐渡島、そして最後に大倭豊秋津島（本州）、数えて八つ。このため日本の国を大八島（八州）と呼ぶことになった。

このあと吉備(きび)の児島(こじま)、小豆島(あづきしま)、大島、姫島(ひめじま)、知訶島(ちかのしま)、両児島(ふたごのしま)の六つの島を生んだ。

こうして国生みを終えたイザナミに、イザナキはこう言う。

「これで私たちの役目が終わったのではない。この大地を守る神々も生まなければならない——」

イザナミは、今度はさまざまな神、八百万(やおよろず)の神々を生み始める。

まず生んだのは、住居（家）をつかさどる神々。次に海をつかさどる神。河の神。水の神。風の神。木の神。山の神。野の神。土の神。霧の神。谷の神。船の神、食物の神……。このようにイザナミは順調に神々を生んで、地上はしだいに自然界の基本的要素に満ち、整えられていった。

けれども突然、イザナミは大きな悲劇に見舞われる。

それは火の神、ヒノカグツチノ神（火之迦具土神）を生んだときのことだった。イザナミの成り成りて成り合わぬところ、すなわち陰部を大火傷(やけど)し、病の床に臥(ふ)した。

それでもイザナミは七転八倒の苦しみの中、その魂の宿る分身（吐瀉物(としゃぶつ)や大・小便）からさまざまな神を生み出すが、火の神を生んだときの傷が重くなって、ついに命が尽きてしまい、黄泉(よみ)の国へ旅立ってしまう。

2　黄泉(よみ)の国への旅立ち――妻の変貌と夫の決意

我が子の斬殺

イザナキノ神（伊邪那岐神）は死んだイザナミノ神（伊邪那美神）の枕元に這(は)い臥(ふ)して、絶望的な悲しみのあまり声を上げて叫んだ。

「たった一人の火の神のために……」

いとしい妻を失ってしまうなんてッ――。

泣きながらイザナキは、出雲(いずも)（島根県）と伯伎(ははきの)（鳥取県）との国境にある比婆(ひば)の山にイザナミを葬った。けれども痛恨のあまり、

（あの子さえ生まなければ、イザナミは……）

と火の神を恨(うら)み、憎まずにはいられなかった。ついには十拳剣(とつかのつるぎ)という、刀身が拳(こぶし)を

十個並べた長さがある長い剣で、我が子・火の神の首を切り落としてしまった。

　このとき、火の神は石となって三つに裂けて飛んだ。イザナキの怒りの激しさが飛ばしたのだった。また、イザナキの流した涙や十拳剣の切っ先から飛び散った血、さらには火の神の体からも、たくさんの神が誕生した。

　けれどもイザナキの絶望的な悲しみは薄らぐどころか募るばかりで、イザナミをいとおしむ気持ちは日がたつにつれて強くなった。

（もう一度、妻に会いたい……）

　できることなら生き返らせたい。この世に連れ戻したい——。

　そう思う気持ちを、イザナキは抑えることができなくなり、ついに死者の住む黄泉（よみ）の国（夜見之国）へ降りていく決意をする。

　そこは地下にある死者の国、穢（けが）れに満ちた暗黒の世界である。

◆妻を求めて死者の国へ

　生きた者がくることを禁じている死者の国（黄泉（よみ）の国）——。そこへ降りてイザナキノ神が目にしたのは、現世との間をしっかり閉ざしている御殿の石の扉であった。

（これは……）

どうしたものかと、イザナキはまごついた。そのとき、なつかしい声が聞こえる。

「ああ、あなたなのね、来てくださったのね」

夫がはるばる訪ねてきたのを知って、イザナミノ神がその閉ざされた扉のところまで迎えに出てきた。

そこでイザナキは、石の扉ごしにこう語りかけた。

「いとしいわが妻、イザナミよ。まだ国づくりも終わっていない。私にはお前の助けが必要なのだ。戻ってきてほしい」

するとイザナミは、

「ああ、あなた。なぜ、もっと早くきてくださらなかったの……」

悲しげに訴え、さらにこう言った。

「悔やまれてなりません。すでに私はこの黄泉の国で、不浄な火と水で炊いた食物を、ここにいる神々とともに食べてしまいました。ですから、もう私はあなたのいるところへは戻れないの」

（なんだって……）

イザナミはすでに共食(きょうしょく)——同じ竈(かまど)の火で煮炊きをした同じ食物を死者の国の神々と食べ合うことをしていた。それは同じ仲間、すなわち死者になることを意味し、地上には戻れないことになる。

「なにを言うんだ。戻ってきてくれッ」

必死に語りかけるイザナキに、イザナミはこう言う。

「ああ、いとしい私の夫。せっかくここまで迎えにきてくださったのは、本当にうれしくてありがたいことです。帰りたい気持ちになりました。こちらの神々に相談してみましょう。でも私を待っている間、決して私の姿を見ようとしないでくださいな。絶対にね——」

その言葉を最後に、イザナミは御殿の中に戻っていってしまった。

イザナキは石の扉の前で、じっとイザナミを待った。辛抱強く、待ち続けた。だが、一向にイザナミの戻ってくる気配がない。しんとして何も聞こえない。ただ暗く静まっている。

イザナキは待って、待って、待ち続けた。ついにイザナキの我慢は限界にきた。イザナキは御殿の石の扉を開け、中へ足を踏み入れた。

そこには深い闇しかなかった。

死者のイザナミにとっては、目に見える闇であったのだろう。けれどもイザナキには何も見えない。イザナキは左の角髪に挿している爪の形をした竹の櫛を取ると、その太い歯の一本を折り取って、それに火を灯した。その火をかざしながら先へ進んでいった——。

*

角髪とは、髪の結い方の一つで、頭頂で左右に分け、それぞれ耳のわきで輪をつくって束ねた髪のことです。

◇追われるイザナキ

櫛の歯に灯した火を頼りにしてイザナキノ神は奥へと進んだ。

（うん……）

イザナキの行く手に何かが横たわっている。火を近づけてみる。

（……げッ）

イザナキは声を呑(の)んだ。それはイザナミノ神であるが、イザナキが知るイザナミではなかった。そこに横たわっているのは体の腐れ果てたイザナミで、腐臭を放っていた。体中に無数の蛆(うじ)がたかり、ごろごろと薄気味悪い音を立てている。よく見ると、頭や胸、腹や手足、それに陰部などに、つごう八匹もの魔物（雷神）がへばりついていた。

（……ひッ）

醜く変貌した妻の姿に、夫は息を凝(こ)らした。その恐ろしさ、穢(けが)らわしさに、体を震わせた。即座に踵(きびす)を返し、出口へ走ろうとしたそのとき、悲痛な叫び声がイザナキの背中にかかった。

「ああ、よくも、よくも私の恥ずかしい姿を……」

あれほど約束しましたのに、なぜ見てしまわれたの――。

それはまぎれもないイザナミの声であった。と思う間もなく、イザナキを目がけて黄泉醜女(よもつしこめ)という女たちが足音を立てて突進してきた。黄泉醜女とは、死の国の穢れが

神格化された強力《ごうりき》の恐ろしい女のこと。

（なんて、ことだ……）

逃げるしかなかった。逃げながらイザナキは、黒い鬘《かつら》（黒いつる草の髪飾り）をほどき、背後に投げつけた。すると髪飾りはたちまち山ブドウのつるとなって実をつけた。その実に醜女たちが食らいついた。その間に逃げ延びるつもりであったが、そうはいかなかった。再び醜女たちが背後に迫っていた。

イザナキは、今度は右の角髪《みずら》の爪櫛の歯を折り取り、背後に投げつけた。するとそれは見る間にタケノコとなって道を塞いだ。それに食らいつく醜女たち。その間にさらに逃げ延び、出口はもう間近であった。

いっぽうイザナミは、頼りにならない醜女たちに苛立《いらだ》って、自分の屍《しかばね》にへばりついていた八匹の魔物（雷神）と、黄泉《よみ》の国の千五百もの軍勢を、イザナキに差し向けた。その追っ手を、イザナキは十拳剣《とつかのつるぎ》で追い払いながら、ついに現世との境界にある黄泉比良坂《よもつひらさか》（黄泉平坂）のふもとまで逃げ延びた。「ヒラ」は崖《がけ》の意で、「サカ」は境界を表わす言葉である。すなわち地上との境界は断崖のようになっている。その坂の上り口に桃の木があった。

とっさにイザナキは生(な)っている桃の実を三つ取って、追っ手に投げつけたところ、追っ手はたちまち退散した。

（助かった……）

ほっとして胸を撫(な)で下ろしたイザナキは、桃の木を見上げながら、こう告げる。

「お前が私を助けたように、葦原(あしはら)の中(なか)つ国(くに)の人々が苦しみにあっているときには助けてやってくれ」

そして桃の実にオホカムヅミノ命(みこと)（意富加牟豆美命）という名前を与えた。それ以来、桃には邪気（邪鬼）を祓(はら)う力があるとされた。

けれども、事はそれで収まらなかった。

*

葦原(あしはら)の中(なか)つ国(くに)とは、日本の神話的名称で、地上界のことです。

◇訣別（けつべつ）

桃の実の呪力に助けられたイザナキノ神はほっとしたのも束の間、背後に荒々しく緊張した気配を感じた。

（うん……）

振り返ったとたん、その目がとらえたのは恐ろしく醜い姿で突き進んでくる妻のイザナミであった。捕まればただではすむまい。黄泉（よみ）の国へ引き戻され、共食を強いられるかもしれない。それは死を意味する。

イザナキはとっさにかたわらの大岩を転がして黄泉比良坂（よもつひらさか）の中ほどに引き据え、道をさえぎった。

その大岩をはさんでイザナミと向き合うと、

「これ限り夫婦の契（ちぎ）りを解くッ」

そう、夫婦離別の呪言（呪いの言葉）を吐いた。妻との訣別を決意したのだった。

その言葉を聞いたイザナミは怒りに満ちた声で、こんなことを言う。

「なんて、ひどいことをなさるの。ならば私は、これからあなたの国の人々を、一日に千人締め殺しましょう」

それに対してイザナキは、こう宣言した。

「あなたがそうするというなら、私は一日に千五百人の子を生ませる産屋（うぶや）を建てることにしよう」

こういうわけで、この国では人は日ごとに必ず千人死ぬいっぽう、日ごとに必ず千五百人の人が生まれることになった。

3 アマテラスとスサノオ――姉と弟の確執

◆アマテラスの誕生

黄泉比良坂(よもつひらさか)の中ほどの上り口でイザナミノ神(伊邪那美神)を振り切って地上に戻ったイザナキノ神(伊邪那岐神)は、

(あのように醜く、穢(けが)らわしい死者の国に行ったせいで、私の体も穢れてしまった)

だから身を清める禊祓(みそぎ)をしなければ――。

そう思い立って太陽の美しい筑紫国(つくしの)、日向(ひゅうが)へ向かった。そこの大河が海へそそぐ河口までくると、身につけているものすべて――杖、帯、物入れの袋、袴(はかま)、冠、腕輪、玉飾りなどを次々と脱ぎ捨てた。脱ぎ捨てるたびに、神々が生まれた。

さらに川の流れに裸身を沈めて汚れを流したが、このときもさまざまな神が生まれた。

やがてイザナキは水から上がると、最後に目と鼻を洗った。

左の目を洗うと、まばゆい光に包まれたアマテラス大御神（天照大御神）が、右の目を洗うとツクヨミノ命（月読命）が、鼻を洗うとタケハヤスサノオノ命（建速須佐之男命）が生まれた。タケハヤとは、勇猛迅速の意である。

イザナキは三人の誕生に心から歓喜の叫びを上げて、こう言う。

「私はたくさんの神々を生んだが、その最後において三人の貴い子を得ることができた」

アマテラスは太陽の神であり、女神。ツクヨミは月の神で、男神。スサノオは荒々しい性格の神で、男神である。

イザナキは首にかける玉飾りを手に取ると、玉の緒をゆらゆらと揺り鳴らしながらアマテラスに授け、こう命じた。

「あなたは高天原に上って、昼の世界を治めなさい」

ツクヨミには、夜の世界を治めるよう命じた。そこは闇の世界。何も見えない。一切を包み隠してしまう。そしてスサノオには、海原（海の国）を治めるように命じた。

こうした父の言いつけを、アマテラスもツクヨミも守った。
けれどもスサノオだけは父に背いて、その言いつけを守らなかった。

＊

イザナキは男神であるのに一人で次々と子を生んでいますが、黄泉(よみ)の国という異界に行って戻ってきたことで、両性具有の能力を身につけたからだという説があります。

また『日本書紀』では、スサノオはイザナキ・イザナミの交合で生まれていますので、そうした設定が『古事記』に残ったともいわれます。

◆スサノオの追放

スサノオノ命(みこと)は、みずからに委ねられた海原を治めず、いつも泣いていた。顎鬚(あごひげ)が胸元に届くほどに成長しても、子どものようにいつも泣き暴れてばかりいた。荒々しい性格の神であるだけに、激しく泣いて暴れると、風は荒れ狂い、木々は枯れた。

河や海は、スサノオが泣く涙として吸い上げられ、涸(か)れてしまった。そのため悪神の声が夏の蠅(はえ)のように充満し、あらゆる悪霊の禍(わざわい)が発生した。

ある日のこと――。

父であるイザナキノ神が、スサノオにこう問いただした。

「いったいお前は、なぜ泣いてばかりで、海原を治めないのだ」

するとスサノオは、

「私は寂しいのです。母のいる根の堅州国へ行きたいのです」

そう訴え、母を恋しがった。根の堅州国とは、地の底の片隅にあるとされる異郷である。

死んだ妻イザナミノ神の現実を見て知っているイザナキは、スサノオにこう言う。

「そんなところへ行けば、二度と帰れぬ」

けれどもスサノオは泣き喚くだけであった。ついにイザナキは激しい怒りを覚え、

「ならばお前の好きにすればいい。この国に住んではならぬッ」

と声高に言い、ただちに天つ神の身分を剥奪し、追放した。

スサノオを追放したのを機に、イザナキは淡海（近江＝滋賀県）の多賀に移って隠棲した。

いっぽう追放されたスサノオは国を出る決心をするが、すぐには出ていかなかった。

姉のアマテラスにひと言挨拶してから根の堅州国に立ち去ろうと、高天原（たかまのはら）に上っていった。

このときスサノオは感情が高揚していたのだろう、歩くたびに雷鳴がとどろき、山も川も大地も揺らいだ。まさに荒々しい神の面目躍如（めんもくやくじょ）たる様子であった。

*

スサノオは男神のイザナキから生まれています。それなのにイザナミを母と思って慕うのは、母のない子が母という存在に恋こがれるのと同じと考えられます。

また、根の堅州国ですが、出入り口は黄泉（よみ）の国と同じ黄泉比良坂（よもつひらさか）にあるとされています。

しかし、黄泉の国とは異質の世界といわれます。また所在も地底ではなく葦原（あしはら）の中（なか）つ国（くに）と同一面上にあるともいわれ、はっきりしていません。

男装する姉

スサノオノ命（みこと）が高天原（たかまのはら）に近づくにつれて、山も川もことごとく鳴り響き、大地は揺

母さ〜ん！

れ動いた。その轟音を耳にした高天原のアマテラス大御神は、弟のスサノオが自分のもとに向かっていることを知らされた。

（もしや、よからぬ魂胆があるのではないかしら……）

ひょっとして、弟は高天原を奪いにくるのでは——。

そう訝ったアマテラスは、念のため、ただちに武装にとりかかった。男のように髪を結い、男のように装い、背には千本、脇腹には五百本の矢を入れる武具を備えた。また、五百個の勾玉（瑪瑙・水晶・滑石製などの装身具）を緒に貫いた長い玉飾りで身を飾った。これはCの字形やコの字形の一端に孔をあけて緒を通した勾玉の垂れ飾りで、権力を象徴し、神秘の力を秘めている。

男装で身を飾ったアマテラスは、引くのに力のいる強弓を手にすると、すっくと背筋をのばし、庭の地面がへこむほど強く足を踏み込んで、矢をつがえた。そしてきりきりと弦を引き、その姿勢のまま、やって来たスサノオを厳しく問いただした。

「なにしにここへ来たのか、答えなさいッ」

武装したうえ、弓を引きながら詰問する姉に、弟は狼狽したことだろう。

（そんな……）

姉上ッ、私は決して姉上に背く心を隠し持っているわけではありませんッ――。

そう声を張り上げ、さらにこう言う。

「父上に、母上のいるところへ行きたいと言ったら……」

そんな奴はここにいるな、とっとと出て行けと追い出されました。ですから立ち去る前に、そのことを姉上に伝えておきたくて、ここにきただけです――。

けれどもアマテラスは素直に受け取れない。

（……本当だろうか）

これまでアマテラスはスサノオの悪い噂ばかりを耳にしていた。それだけに異心（謀反（むほん）の心）がないと言い張るスサノオを信じることができない。

「口ではそう言うが、謀反の心がないことをどうして知ることができよう」

アマテラスが言うと、スサノオは即座に答えた。

「わかりました。では神に誓いを立てて、二人がそれぞれ子を生んで、その子どもによって私の正邪を判断しましょう」

「誓約（うけい）ですね。そうしましょう」

アマテラスは同意した。

誓約（うけい）とは、占いの一種で、あらかじめ神に誓いを立てて二つの掟（おきて）、たとえばある事柄の吉凶や正邪（黒白）を決めて、神に事柄の一つを選んでもらうという占いだ。

たとえば男神が生まれたら勝ち、女神が生まれたら負けというふうにあらかじめ誓いを立てて掟を決めておき、いずれが生まれても、それを神意（天意＝神の意志）とする占いだ。

こうして誓約が行なわれることになったのだが、事はすんなり運ばない。

誓約の勝負

スサノオノ命（みこと）は誓約で自分に異心（いしん）（謀反の心）がないことを明かそうとしたが、あらかじめ掟を決めなかった。

ちなみに『日本書紀』では最初にスサノオが、

「もし女が生まれたら邪心があるとせよ、男が生まれたら清き心であるとせよ」

と言ってから、生み始めている。だが『古事記』では何も決めずに生んでいる。

いずれにしてもアマテラス大御神（おおみかみ）は弟のスサノオが腰に帯びている剣を自分に渡す

よう言い、受け取ると三つに折って清浄な井戸水ですすぎ、それを口の中に入れて噛みに噛んで、ふっと吹き出した。

その息が霧になり、その霧の中からたちまち三人の女神が生まれた。

いっぽうスサノオは姉の左の角髪(みずら)に巻いてある勾玉(まがたま)の玉飾りをもらい受けて、同じように清浄な井戸水で洗い、口の中で噛みに噛み、ふっと吹き出した。また右の角髪に巻いている勾玉、さらに鬘(かつら)に巻いている玉飾りなどいくつもの飾りを使って同じことを繰り返し、五人の男神を生んだ。

だが、前記したように二人はあらかじめ誓約(うけい)の掟を決めていない。すなわち、どちらの持ち物から男神、あるいは女神が生まれたら勝ちで、異心がないとするという取り決めをしていなかった。

そこでアマテラスはスサノオにこう言った。

「あとから生まれた五人の男の子は、私の持ち物である勾玉から生まれたのよ。だから当然、私の子。先に生まれた三人の女の子はあなたの持ち物である剣から生まれたのだから、あなたの子」

だから勝ったのはあなたではなく、私――。

いっぽうスサノオは、

「私の心が潔白である証拠として、私の生んだ子はやさしい女の子。この結果から、当然、私に異心がないことが知れたでしょう。勝ったのは私です」

そう言って譲らなかった。勝った、勝ったと誇らしげに勇ましい叫び声を上げて引き上げていった。

4　天の岩屋戸の騒動——神々のお祭り騒ぎ

◆スサノオの非道

アマテラス大御神（天照大御神）は、勝った、勝ったと誇らしげに引き上げていったスサノオノ命（須佐之男命）に不安を覚えたことだろう。もともと弟のスサノオは荒ぶる神であるからだ。

いっぽうスサノオにしてみれば、せっかく挨拶にやってきたというのに姉は弟を信用せず、武装までしていた。それに誓約の結果に意地悪い判断をした。勝ったとはいえ、面白いはずがない。

（くそっ）

とばかり勢いに任せて、猛り出した。姉のアマテラスが高天原につくった田の畔を

壊し、灌漑用の溝を埋めた。また稲穂を馬で踏み荒らした。

さらに、アマテラスが新嘗祭の新穀（その年にとれた穀物）を食べる神殿のそこら中に脱糞した。まさに目にあまる振る舞いである。

けれどもアマテラスは弟の乱暴狼藉を耳にしても、こう言って弟をかばった。

「糞という不浄なものをまき散らしたと騒ぐけれど、あれは酒に酔って反吐を吐き散らしたまでのことでしょう。田の畔を壊したり、溝を埋めたりしたのは、耕せば田となる土地をもったいないと考え、それでしたことでしょう」

そんな優しい姉の心を知ってか知らずか、スサノオはますますつけあがった。


ある日のこと――。スサノオはアマテラスが機織女たちに高天原の神々の衣裳を織らせていることを知ると、その機織場の屋根に上って穴をあけ、そこから皮を剥いだ血だらけの馬を投げ込んだ。

（ひッ……）

落下してきた馬の、あまりに凄惨な姿に、下で機を織っていた女たちは一瞬、息を呑み、たちまち悲鳴を上げて逃げ惑った。一人の機織女は驚きのあまり理性を失い、はしたない振る舞いをした。機織り用具の一つ梭（緯＝横糸を通す用具）を陰部に突き刺したのだ。それがもとで死んでしまった。

姉は弟の荒々しい仕業を見て、もはやどうしていいかわからなくなった。すっかり恐ろしくなり、ついに天の岩屋戸（岩穴の戸口）を開くと、その中に身を隠した。そして戸を閉ざし、決して姿を現わそうとはしなかった。

◇知恵者の深謀

日の神であるアマテラス大御神がみずからその身を隠してしまったので、高天原（天上界）も葦原の中つ国（地上界）も暗闇に包まれ、とめどなく日の光のない夜だけが続くことになった。

その闇に乗じて、たちまち悪神や悪霊が大はしゃぎを始め、ありとあらゆる禍が起こり始めた。

この深刻な事態に高天原の神々は、天上にある安の河の河原に参集し、協議を始めるが、めいめい口々にわめき合うだけで、これといった名案が出てこない。

そんな騒ぎをしばらく続けていたが、このまま暗闇が続けば死を待つだけだと、一人の神が、タカミムスヒノ神（高御産巣日神）の子、オモイカネノ神（思金神）に判断をあおいだ。

すると知恵者で知られるオモイカネがおもむろに口を開き、こう言った。

「アマテラス大御神さまが、岩屋戸の中からみずから出てこられるような、よい考えがあります」

ならばと、オモイカネの目論見を試すことになって、八百万（やおよろず）の神々はオモイカネとともに天の岩屋戸に移動した。

オモイカネは、まず長鳴鳥（ながなきどり）（鶏）を数多く集めて「こけこっこー」と鳴かせた。日の光を呼ぶ鶏の鳴き声は悪神や悪霊を追い払うからだ。

次に、ふさわしい神に頼んで鏡をつくらせ、勾玉（まがたま）の玉飾りもつくらせた。また別の神を呼んで、太占（ふとまに）をさせた。これは「オモイカネの考えがうまくいくかどうか」を、牡鹿の肩の骨を焼いて、そのひび割れ具合で判断する占いだ。イザナキ・イザナミ夫婦が、かつて思うような子（島）を生めず、天（あま）つ神（かみ）に相談したさいに行なわれた占いと同じである。

その占いの結果、「うまくいく」と出たので、さらにオモイカネの考えを進めることにした。

神事に用いる賢木（榊）という常緑樹を、天の香具山まで行って掘り出してきた。この榊の木の上枝に八尺瓊勾玉の飾りを吊るし、中枝には八咫鏡（大きい鏡）をかけ、下枝には白と青との幣飾りを垂らした。幣とは、神に捧げる供え物のことだが、幣飾りは麻や木綿などの布をたくさん束ねて、飾ったものだ。

この美しく派手に飾った榊の木を、アマテラスの閉じこもった岩屋戸に捧げると、長鳴鳥が鳴き、榊の木に飾りつけた鏡がキラキラと輝き、勾玉はサラサラと美しい音を出した。

アメノコヤネノ命（天児屋命）は、アマテラスが岩屋戸の中からお出ましになるよう、祝詞を声高に唱え出した。

このとき、神々の中で一番の強力であるタヂカラオノ神（手力男神）を、岩屋戸の陰にひそませた。

（よし、これで祭りの準備は整った）

そう満足そうに頷(うなず)いたオモイカネの目論見(もくろみ)は、まさに神の深謀(しんぼう)といえるものであった。

◇女神の裸踊り

天(あま)の岩屋戸(いわやと)の前で、今か今かと出番を待っていた女神のアメノウズメノ命(みこと)（天宇受売命）に、

「さあ、アメノウズメよ、踊るがいいッ」

そう、オモイカネノ神が声をかけた。するとアメノウズメは、

「あいよ」

といった調子で、天(あま)の香具山(かぐやま)のつる草をたすきにして掛け、正木(まさき)の鬘(かつら)（常緑のつる性植物）で髪を飾り、手に天の香具山の笹の葉を束ねて持って、岩屋戸の前に伏せた桶(おけ)を、とどん、とどんと足拍子面白く、踊り出した。

しだいにアメノウズメの心は浮かれていき、しまいには神がかりして狂喜乱舞の有り様。着衣がはだけて、胸乳(むなち)（乳房）があらわになった。また腰に結んだ裳(も)の紐(ひも)が陰

部まで押し下がり、陰部が丸見えになった。このとき、

（おおッ……）

と八百万の神々は女神の裸踊りの卑猥さにたまげて息を呑んだが、すぐに高天原が揺れ動くほどの大きな笑い声を上げていた。

それでもアメノウズメは、その卑猥さを恥ずかしがるふうもなく、たいへんなはしゃぎよう。それを見たオモイカネは、「よし、その調子」と、参集している八百万の神々をさらに煽った。

「さあ、もっと囃し立てて、アマテラス大御神にお出まし願おうではないか」

女神の裸踊りに盛り上がった神々は、

「いいぞ、いいぞッ。もっといけ、もっといけッ」

と囃し出す。長鳴鳥はいっそう騒がしく鳴き、榊の木の勾玉飾りは激しく揺れて美しい音をまき散らす。ますますお祭り気分が高まって、アメノウズメの踊りもさらに卑猥さを増す。あちらこちらに八百万の神々の喜ぶ大きい笑い声が上がる――。

祭りは最高潮に達した。この光景に、知恵者のオモイカネはにんまりほくそ笑んだ。度を過ごして騒ぐことこそ、アマテラスの興味を引くと考えていたからだ。

◈アマテラスの勘違い

岩屋戸の中のアマテラス大御神は、こう考えていた。自分が閉じこもったことで日の光が消え、真っ暗闇になったことを皆は悲しんでいるだろうに――。けれども案に相違して、岩屋戸の外は大はしゃぎである。

（はて……いったい、なにがそんなに面白くて騒いでいるのかしら）

不思議に思い、岩屋戸を細めに開けて、こう尋ねた。

「これ、アメノウズメ。何がうれしくて暗闇の中でそんなに踊っているの。ほかの神々も、何がそんなに面白くて笑っているの……」

そんなアマテラスの疑問に、アメノウズメノ命が踊りをやめて答えた。

「あなた様よりもっと貴い神様がいらしたから、うれしくて遊んでいるのですよ」

（なんですって……）

驚くアマテラスに、別の神が榊の木につけた大きな鏡を差し出した。その鏡に、アマテラス自身の姿が映る。アマテラスは鏡に映る自分の姿をちらっと見て、

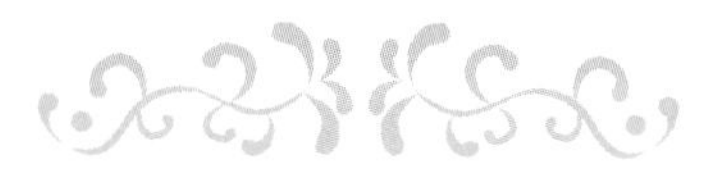

（この方が、私より貴い神様なの……）

もう少しよく見てみたい――。

そう思って岩屋戸を今少し開いて、外へ身を乗り出した、そのときである。陰に潜んでいた強力（ごうりき）のタヂカラオノ神がぐいと岩屋戸をこじ開け、アマテラスの手を取って外へ引き出した。

すっかりアマテラスが岩屋戸の前に姿を現わすと、

「おおッ」

八百万（やおよろず）の神々からいっせいに歓声があがった。天上界はむろん、地上界もまばゆいばかりの日の光を取り戻したからだ。

このとき一人の神が手早く岩屋戸の前に注連縄（しめなわ）を張った。注連縄は、ここから先へは入ってはいけないという出入りを禁止する境界の「しるし」だ。これでもう、アマテラスは岩屋戸の中には戻れなくなった。

こうしてオモイカネノ神の目論見（もくろみ）は成功する。八百万の神々は頷（うなず）き合い、めいめい喜びを口にした。

けれども事はこれで終わらなかったのである。

5　ヤマタノオロチ退治――スサノオとクシナダヒメ

◆スサノオの天下り

岩屋の中からアマテラス大御神（天照大御神）を引き出すことに成功した神々は、こう考えた。

アマテラスを嘆き悲しませ、岩屋の中に閉じこもらせたのは、弟のスサノオノ命（須佐之男命）の非道な行ないが元凶だ。あいつをこのままにしておいていいのか。処罰しなければ、示しがつかないではないか――。

そう、口々にわめき出した。

そこで神々は再び合議し、スサノオに罰を与えることを決めた。まず〈千座の置き戸〉を負わせた。千座とは多くの台のことで、置き戸は罪や穢れを祓い償わせるため

に科する品物のこと。それを負わせるということは、罪の償いに多くの品物を献上させるということで、いわば罰金刑である。

それだけでは十分でなかったので、鬚（ひげ）を切り取り、手足の爪を剝（は）がすことになった。これには潔（きよ）めの意味があるが、再びよみがえるものを切り取ることで、その人の力を抑えるという意味もあり、刑罰と見ることができる。

いずれにしてもスサノオは処罰された上、高天原（たかまのはら）から追放されたのである。


その日——。

追放されたスサノオは地上へ逃れてきて、出雲国（いずもの）（島根県）の肥（ひ）の河（斐伊（ひい）川）の上流、鳥髪（とりかみ）（島根県仁多（にた）郡鳥上地区）に降り立った。

スサノオは肥の河の川面を見つめながら、心の内は来し方行く末のことを思っていたことだろう。

（なんてこった……）

そう、我が身をあわれんでいたかもしれない。そのときである。

（おや、あれは……）

川面を、わくら葉（枯れ葉）に混じって流れてくるものがある。よく見れば、木の枝ではなく、明らかに一本の細い箸であった。

（むむ……ならば上流に人が住んでいるということか）

人っ子一人いない地に降り立ったと思い、嘆いていたスサノオは俄然、勢いを取り戻した。

◇いきなりの求婚

上流から流れてきた箸を見つけたスサノオノ命は、心が弾み、どんどん川上へと上っていった。案の定、一軒の家があった。近づいてみると、泣き声が聞こえる。覗くと、家の中で老人と老婆が若い娘を挟んで声をしのばせて泣いている。

スサノオは呼びかけた。

「お前たちは誰だ。名を何と言うのだ」

誰何されて驚いた老人は、しかし素直にこう答えた。

「私は、国つ神のオオヤマツミノ神（大山津見神）の子どもで、アシナヅチ（足名

椎）と申します。妻はテナヅチ（手名椎）、娘はクシナダヒメ（櫛名田比売）と申します」

「なぜ、泣いている」

さらに尋ねると、老人は娘を見やりながらこう言った。

「じつは私らには八人の娘があったのですが、高志（出雲国の古志郷。諸説あり）に住むヤマタノオロチ（八俣大蛇）が毎年のようにやってきて、娘を一人ずつ餌食とし、この娘が最後の一人でして……」

今年もその時期がやってきたので、この末娘も食べられてしまうのかと、つらく切なくなって泣いていたという。

スサノオはまだ少女のようなクシナダヒメの美しさにひかれた。

（なんて、うるわしい乙女なんだ……）

オロチの餌食になるなどもったいない。何なら私が退治してやってもよい――。

そう思い、勢い込んで老人に訊ねた。

「して、それはどんなオロチなのだ」

「それはもう恐ろしい姿のオロチでして……。目は赤く熟した酸漿のように、赤々と燃えておりまして、一つの体に頭が八つあり、尾も八つです。その体には苔が生え、木が繁り、その長さは谷を八つ、山を八つ這い渡るほどで、しかも」

その腹はいつも血みどろにただれております――。

そう、老人が言い終わるか終わらないうちに、スサノオはこう言っていた。

「あなたの娘を、私の妻にくれないか」

（なんじゃと……）

いきなりの求婚に驚く老人に、スサノオはこうつけ加えた。

「オロチは、私が退治するから」

それを聞いて老人は、娘がオロチの餌食になるよりはましだと思った。とはいえ、名前も知らない男に娘をやるわけにはいかない。

いったい、あなたさまは――。

そう、おそるおそる尋ねた。するとスサノオは自分の名を名乗ってから、こう答えた。

「私はアマテラス大御神の弟だが、今さっき、天上の国から、この地へ降りてきた」

アマテラス大御神の弟と聞いて、老人はかしこまって言う。

「それはおそれ多いことで……。喜んで娘を差し上げましょう」

（しめたッ）

クシナダヒメは自分のものになる――。そう、スサノオは喜んだことだろう。

「オロチになんか、やるものかッ」

そう宣言したスサノオは、オロチの襲来が迫ってきていたので、まずクシナダヒメを隠すことにした。霊妙な力をふるってクシナダヒメを爪の形をした櫛（くし）に変え、自分の角髪（みずら）に挿した。

あとはオロチをどう始末するかであった。

*

国（くに）つ神（かみ）とは、天（あま）つ神（かみ）に対して、日本の国土に土着する神のことです。

スサノオがクシナダヒメを櫛に変えたのは、二人が「夫婦の契り（ちぎ）」を結び、そのしるしとして娘が自分の魂の籠（こ）められた櫛をスサノオに贈り、その櫛をスサノオが守り神として自分の髪に挿したと解釈できるそうです。

つまり、スサノオは娘の親の許しを得るとすぐに、自分の成りあまれるもので娘の成り合わぬところを刺し塞（ふさ）いだところ、満足した娘は自分の分身のように大事にしている櫛をスサノオに贈って励ましたということのようです。

ちなみに古代、櫛を投げること（投げ櫛）は不吉だとして忌み嫌われました。なぜなら、自分の魂が籠る櫛をみずから投げることは死を意味すると信じられたからです。

◆血に染まる肥の河

（どう、オロチを始末するか……）

思案を巡らしたスサノオノ命は、老夫婦にこう言う。

「まず強い酒をたっぷりつくってくれ。それから家の周囲に垣根を巡らし、八つの門をつくってくれ。その門ごとに八つの桟敷を構え、それぞれに酒槽を置き、強い酒を満々と満たして待ち受けよ」

老夫婦は言われた通り、日が暮れる前にすべてを準備し終えて待機していると、怪しい気配が夜を満たし始めた。

どのくらいの時間が過ぎた頃だろうか。生臭い風が流れ、ヤマタノオロチがその姿を現わした。

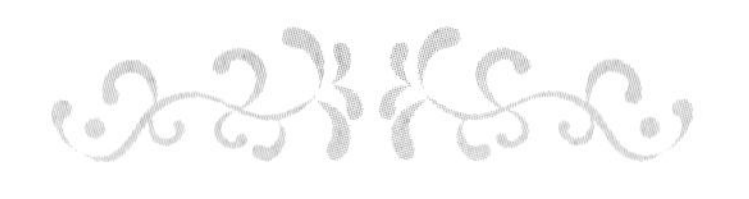

（こいつか、なるほど恐ろしい奴……）

ひそんでいたスサノオが目にしたオロチは話に聞いた通り、いくつもの目が、熟した酸漿（ほおずき）のように赤々と燃えている。オロチが動くたびに山は揺らぎ、谷は鳴り響いた。

オロチは身をくねらせながらついに垣根を越え、庭の中へ入ろうとした。だが、八つの桟敷（さじき）に酒の満たされた槽（おけ）があることに気づいた。酒はオロチの好物だ。

オロチは八つの頭を八つの槽に潜（もぐ）らせると、喉を鳴らしながら酒を飲み始めた。するとたちまち強い酒が利き出し、頭の一つひとつがだらしなく地面に横になり始めた。眠り出したのである。

（しめた、今だッ）

スサノオは腰に帯びた十拳剣（とつかのつるぎ）をすらりと引き抜き、オロチに切りかかった。そして八つの頭を次々とずた

ずたに切り刻んだ。

おびただしい量の血がオロチの体から噴き出し、肥の河に流れ込んだ。川の水は真っ赤な血の色に変わった。

さらにオロチの尾にスサノオが十拳剣を振るったときだった。手元に衝撃が走った。固いものにぶつかったようだ。見ると、果たして剣の刃がこぼれている。

（はて……）

怪しんだスサノオは、オロチの尾を縦に切り裂いてみた。すると、

（おお……ッ）

鋭利な大刀が現われた。

（こんな立派な大刀が、なぜオロチの尾に隠されていたのだろうか……）

不思議に思い、何かいわくがあるに違いない――。そう考えたスサノオは、高天原にいる姉のアマテラス大御神に事情を話し、その大刀を献上した。これがのちに草薙剣（草那芸剣）と名づけられ、三種の神器の一つとなった大刀である。

あとの二つは、アマテラスを天の岩屋戸から誘い出すときに使った「八咫鏡」と、「八尺瓊勾玉」である。

スサノオの変貌

ヤマタノオロチを退治したスサノオノ命(みこと)はクシナダヒメを娶(めと)った。一夜契り(ひとよちぎり)(神の一夜妻(ひとよづま)になること)で終わらせなかった。クシナダヒメと家庭を営む宮殿をつくろうと、土地探しのために出雲(いずも)の国を歩きまわった。

ある日――。スサノオは川を下ると、広々とした緑の多い土地を見出した。そこに立つと、なんともすがすがしい。

「ここだッ、ここがいい。ここにきて立つと、すがすがしい」

そう言って喜び、その気持ちにちなんで「須賀(すが)の地」と名づけ、幾重にも垣(かき)を巡らした壮麗な宮殿(須賀の宮)をつくった。

この須賀の宮をつくろうとしたとき、美しい雲がむくむくと立ちのぼり、あたり一面をおおった。まさに出雲という地名にふさわしい荘厳な佇(たたず)まいだった。

(なんと気高い佇まいであろうか……)

スサノオは息を呑(の)んだことだろう。その喜びの気持ちを三十一文字の歌に託した。

八雲立つ　出雲八重垣　妻籠みに　八重垣作る　その八重垣を

（八重に立ちのぼる美しい雲。その雲が八重の垣となって宮殿を取り囲んでくれる。私は妻を得て、この宮殿を建てるのだが、そこに私と妻を閉じ込めるように雲が立ち、八重の垣をつくる。ああ、すばらしい八重垣であることよ）

この須賀の宮にクシナダヒメと住むことになったスサノオは、岳父（妻の父）のアシナヅチに、こう命じる。

「わが宮の首長となってくれ。名をイナダノミヤヌシスガノヤツミミノ神（稲田宮主須賀之八耳神）とするがよい」

高天原を追放されて地上に降りたスサノオは、クシナダヒメと出会ったとたん、かつての利かん気で凶暴な男から一変、ひとかどの人物となった。姉のアマテラス大御神に大刀を献上したことで対立もなくなり、自信がついたのだろう。夫婦の交わりに精を出し、クシナダヒメとの間に一人、別の娘との間に二人の子をもうけた。

このあと、スサノオはかねての望み通り母の国を訪ねて根の堅州国へ赴くのである。

6 国(くに)つ神(かみ)・オオナムチの誕生――受難と初恋と試練

◆出雲(いずも)から因幡(いなば)へ

スサノオノ命(みこと)（須佐之男命）がクシナダヒメ（櫛名田比売）との間にもうけた一人、ヤシマジヌミノ神（八島士奴美神）の五代あとの孫として、すなわちスサノオの六代あとの孫として誕生するのがオオナムチノ神（大己貴神＝大穴牟遅神）である。

オオナムチは、のちに「大いなる国の主」というオオクニヌシノ神（大国主神）と呼ばれるようになる。その経緯は、これから追う物語で明らかになってくる。

オオナムチには大勢の異母兄弟がいた。彼らを八十神(やそがみ)という。オオナムチは末っ子で、いつも兄たちにこき使われていた。

あるとき八十神たちは全員で、一人の美しい娘のところへ求婚の旅へ出かけることになった。娘は因幡（鳥取県東部）にいるヤカミヒメ（八上比売）といい、その可憐な美しさは遠国にまで知れ渡っていた。

（妻にしたいッ）

そう深く思いつめた八十神たちの気持ちが、出雲（島根県東部）から因幡へと向かわせた。彼らは、ヤカミヒメが自分たち兄弟の中の誰を夫にしても、皆でその者を祝福することを決めていた。

この求婚の旅で、末っ子のオオナムチは荷物運びを命じられ、まるで賤しい従者のように扱われる。兄たちとは母親が違うことが原因かもしれない。古い時代ほど同母の兄弟のほうが、結びつきが強かったといわれるからだ。

それはさておき、一行は日本海に沿って出雲から因幡へ――。

気多の岬にいたったときだった。海辺に一頭の兎がぐったり横たわっていた。八十神たちはめいめい口々に叫んだ。

「なんだ、なんだ」

「どうしたというんだ」

よくよく見ると、兎の体は皮を剝かれて赤裸である。

「こいつは、たまげた。ひどいぞ。痛むだろうな」

「ええ、それはもう、こらえきれないほどでして……」

兎は悲痛な叫び声を上げた。

「だったら良いことを教えてやろう。まず海水を浴びてから風によく当ててだな、それから」

高い山のてっぺんで寝ていれば治るさ――。

そう言って、八十神（やそがみ）たちはその場を立ち去った。

藁（わら）にもすがる思いでいた兎は、教えられた通りにした。すると肌はいっそうひび割れて、赤くただれた。それでもヒーヒー言いながら、高い山に登ろうと歩き出した。風が当たるたびに、ぴりぴり身を切るような痛みが襲う。ついにこらえきれず、声を上げて泣き伏した。

そこへ、八十神たちの最後についてきた荷物運びのオオナムチが汗をかきかき遅れてやってきた。

「おい、どうしたんだ」

泣き伏している兎に声をかけると、

「私は、向こうに見える隠岐(おき)の島に住んでいる兎ですが……」

と息も絶え絶えの様子で、沖合いを見やりながら事情を話し出した。

「島からこっちを見ていたら、広い陸地に渡っていきたくなって……。でも、最初は渡る手立てが思いつかなかったのですが、そのうち名案が浮かんで――」

海に住むワニ（鰐鮫(わにざめ)）たちにこう声をかけたという。

「オレたちとお前たちと、どっちが仲間の数が多いか、比べてみないか」

どうすればいいんだとワニが言うので、兎はこう言ったという。

「お前たちみんなで、島から向こうの海岸まで

並んで、その上をオレが跳んで数を数えれば、どっちが多いかわかる」

すっかりその気になったワニたちが集まってきて並んだ。兎はいい気になってその背中をぴょんぴょん跳んで、こちらの海岸に着いた。そのとき、兎はワニたちにこう言った。

「お前たち、わからないのか。まんまと騙されたんだぞ」

それを聞いて、もっとも陸地側に伏していたワニが首を起こすと兎をつかまえ、海に引きずり込んだという。

「それで皮を剝がれてしまい、赤くただれて苦しんでいると……」

大勢の男たちがやってきて、治す方法を教えてくれたのだが、かえってひどくなってしまって――。

(兄さんたちに違いない……なんてことを)

同情したオオナムチは、兎に傷を治す方法を教えた。

まず河口に行って真水で体を洗って塩気を落とす。それから蒲の穂を集めて、その花粉を地面に敷きつめる。その上でぐるぐる転がりまわれば、赤くただれた皮膚はきっときれいに治る。蒲の花粉は血止めに効くからね――。

兎は、よほどうれしかったのだろう。オオナムチにこんな予言をする。

「あなたの兄弟たちは誰も因幡のヤカミヒメを手に入れるなんてこと、できませんよ。荷物運びをしているあなたこそ、ヤカミヒメを娶る人です」

この兎の予言は見事に的中するのだが、事はすんなり運ばない。

◇八十神の謀略

因幡に先着した八十神たちはめいめいヤカミヒメに妻になるよう申し入れるのだが、返ってきた答えはこうである。

「あなたたちの言うことを聞くのは嫌です」

私は、やさしくて心の広いオオナムチノ神のところへ嫁にいくつもりです――。

ヤカミヒメには異性を見る目があったのだろう。口当たりのいい口説き文句に落ちることはなかった。

（あいつのどこが、いいんだ。まだほんの小僧っ子じゃないか）

ヤカミヒメにはねつけられた八十神たちは、オオナムチがねたましかったことだろ

う。

いずれにしてもヤカミヒメの気持ちが末っ子のオオナムチに向けられていることを知って兄たちは怒り、異母弟を謀殺しようとする。

八十神（やそがみ）たちは出雲（いずも）へ帰る途中、オオナムチを伯伎国（ははきのくに）の手間山（てまやま）の麓（ふもと）に連れ出し、こう言いつけた。

「この山には赤い猪（いのしし）がいるそうだ。そいつをオレたちが山の上から追い下ろすから、お前が麓でしっかり捕まえろ」

逃がしたらお前を殺すぞッ――。

そう言い置いて八十神たちは手間山に登っていき、山頂で猪そっくりの大きな岩石を真っ赤になるまで焼くと、それを下へ転がし落とした。勢いよく落ちてくる「赤い猪」を、オオナムチは受け止めた。だが、

（うむ、こ、これは……）

猪ではないと気づいたときには手遅れだった。体は真っ黒に焼け、押しつぶされていた。

いっぽう息子の死を知った母神は悲嘆に暮れるが、どうしてもあきらめ切れなかった。ついに高天原（たかまのはら）に上って、生命をつかさどるカムムスヒノ神（神産巣日神）に、どうか息子を生き返らせてくださいとすがった。

カムムスヒは、天と地が創造された頃に現われた神である。彼はこう言う。

「キサガイヒメ（蚶貝比売）とウムガイヒメ（蛤貝比売）を地上に送って治療させてみよう」

ともにヒメと付いているので女性性である。「キサ」は赤貝の古名なので、キサガイは赤貝のようだ。この貝のエキスが火傷に効くようだ。ウムガイは蛤（はまぐり）のことらしい。

いずれにしても、キサガイヒメが貝殻を削って粉を集め、それをウムガイヒメが蛤の出す汁で溶いて、まるで母親の乳汁のようにしてオオナムチの体に塗ったところ、見事に生き返った。

八十神（やそがみ）たちは生き返ったオオナムチを見ると、今度こそ死にいたらせてやると意気込み、深い山に連れ出した。

その山中で八十神たちは巨木を途中まで縦に切り裂くと、左右に開いて楔（くさび）で止め、その裂け目にオオナムチを立たせた。そして、楔を取り外（はず）した。

バチッ――。

強烈な勢いで挟まれたオオナムチは死ぬはずだったが、死ななかった。幸いにもこの日、挟まれたオオナムチを母神が見つけ出し、木を裂いて助け出したからだ。

母神は、

「お前は八十神たちにひどく憎まれている。ここにいたらいつか殺されてしまう」

そう言って、オオナムチを木の国（和歌山県）のオオヤビコノ神（大屋毘古神）のところへ逃がした。

それを知った八十神たちが後を追ってきて、追いついた。矢をつがえてオオナムチを射殺そうとするが、そのときオオヤビコが木の股をくぐってオオナムチを逃がした。

（しかし、こんなことでは）

いつか殺されてしまう――。

母神はオオナムチのたび重なる危機を見て、ついにこう言う。

「スサノオノ命のいられる根の堅州国へ行きなさい。きっと助けてくださるでしょう」

すでに述べたようにオオナムチはスサノオの六代あとの孫にあたる。

こうしてオオナムチは、スサノオのいる根の堅州国へと向かうのである。

＊

根の堅州国とは、すでに書いたように地の底にあるとされる異郷。ここはあの黄泉の国と出入り口を同じくするが、黄泉の国とは異質の世界といわれます。だが、どちらも出入り口が黄泉比良坂であること、またイザナミノ神が土葬されたことなどを考え合わせると、同じ国を、別の視点から表現したものと解釈したほうがよいという説もあります。

◇地の底の初恋

八十神たちにねたまれて、二度も殺されるという悲劇に見舞われたオオナムチノ神は、ついにスサノオノ命が支配する根の堅州国に逃げ込んだ。

ここでオオナムチは運命的な出会いをする――。

その日、黄泉比良坂という地上と黄泉の国との境にある坂を下り、どのくらい歩いたことだろう。根の堅州国の宮殿らしい建物が見えた。さっそく訪ねると、現われた

のはスサノオの娘、スセリビメ（須勢理毘売）であった。

スセリビメはオオナムチの姿を認めると、

（あら……）

という表情をし、オオナムチも自分を見つめるスセリビメに、

（おや……）

と思い、互いにその目を見つめ合いながら近づいた。間合いが詰まっても、スセリビメは目をオオナムチの目から外さない。それどころか両手を差し出すような仕種をしたかもしれない。

いずれにしても一瞬にして激しい恋に落ちた二人は、ある事をしたいという気持ちを抑えきれなくなった。その場で抱き合い、オオナムチは初めて自分の成りあまれるもので、スセリビメの成り合わぬところを刺し塞いだ。

こうして二人はいつまでも変わらぬ夫婦の誓いを交わした。

事がすんで気持ちが落ち着いたのだろう。スセリビメは父親のスサノオのいる宮殿へ戻ると、こう伝えた。

「この上もなく見目麗しい神が、父上を訪ねていらしたわ」

そうまで褒めるのは、よほど気に入ったからに違いないと、スサノオはちらっと娘の顔を見た。スセリビメはオオナムチに十分満足し、火照った頬をしていたかもしれない。

いずれにしても、娘の言葉を半信半疑の面持ちで聞いたスサノオは表へ出た。そこにオオナムチがいた。

（こいつが、娘の身も心も奪った奴か……なるほど）

そう思い、こう言った。

「これはアシハラシコオ（葦原色許男。葦原醜男とも）という神だ」

葦原は、地底の国に対して地上の国という意味だ。スサノオはオオナムチを地上界の勇者と見たようだ。そこで宮殿の中へ迎え入れるが、

「寝るなら、あそこで寝るがいい。貸してやる」

そう言って指差したところは、宮殿の奥につくられた蛇の室屋だった。山の斜面に穴をあけてつくった岩室だ。

スサノオは娘の気に入った男を素直に受け入れられず、憎んでいたのである。

◆手ひどい仕打ち

蛇の室屋で寝るよう、スサノオノ命に言われたオオナムチノ神は、

（なんだって、蛇と一緒に寝ろというのか……）

戸惑った。そんなオオナムチにスセリビメはこっそり近寄り、領巾――薄く細長い布で、難を逃れる呪力があると信じられた布を渡し、そっとささやいた。

「これは蛇の領巾といって、呪力があるの。蛇があなたを咬もうとしたら、三度振ってくださいな」

その夜――。

蛇の室屋に入れられたオオナムチは、スセリビメのおかげでぐっすり眠ることができた。蛇の領巾を三度振ったら、蛇はみんなおとなしくなったからだ。

次の夜――。

オオナムチは百足と蜂の室屋に入れられた。この夜も、スセリビメが手渡してくれた百足と蜂の領巾のおかげで無事に過ごせた。

しっかり契り（ちぎ）を結んだ二人は、すでに一心同体の夫婦のごとくであった。

オオナムチは泣き言を一つも言わなかった。

スサノオは、

（こいつはしぶとい……もう一度、試してみるか）

そう思い、今度はオオナムチを荒野に誘い出し、鏑（かぶら）のついた矢を放って、こう命じた。

「おい、鏑矢（かぶらや）を探して取ってこい」

鏑とは、鹿の角や木で蕪（かぶ）の根のような形につくり、鏃（やじり）の後ろにつけるものだ。

「はい」

とオオナムチが鏑矢を探しに草原に駆け込んだとたん、スサノオは草原に火を放った。火は走るようにして燃え広がっていく。草原はたちまち火の色に染まって、オオナムチは火に囲まれてしまう。

（なんて、むごいことを……）

スセリビメは父親の手ひどい仕打ちに、放心したように立っていた。

そんな娘にスサノオはこう言う。

「あいつがお前にふさわしい神なら、生きて戻ってくるさ」

◆万事休す

火攻めにあったオオナムチノ神は、

（しまった、どうしよう……）

荒野に出るとき、スセリビメから何の忠告も受けていない。もはや万事休すかと、周囲をうかがうと、鼠（ねずみ）が一匹現われた。

（うん……）

鼠が何か言っている。

「内はほらほら、外はすぶすぶ」

と聞こえる。「ほらほら」は、ほら穴のほら。「すぶすぶ」は、すぼまるの意らしい。つまり、地上のところはすぼまっているが、その下に大きい穴があるから、そこに隠れろという忠告らしい。そこで足元をどんと踏むと、ストンと穴があき、オオナムチはその中に落ちた。穴の中に姿を隠しているうちに火は燃えすぎていった。

（おや……）

気づくと、かたわらにさっきの鼠がいる。羽のない鏑矢を口にくわえている。そこへ小鼠たちが羽をくわえて運んできた。どうやら羽は食いちぎられたようだが、本体は残っている。

（よしッ……）

それを手にしてオオナムチは焼け野原から現われ出て、鏑矢をスサノオノ命に差し出した。

（なにッ……）

オオナムチが生きて現われ、鏑矢を差し出したことにスサノオは驚き、いっぽう葬式の道具を持って泣きながらそこへきたスセリビメは、とても喜んだ。

けれどもスサノオの試練はまだ終わらなかった。オオナムチを大広間に呼び入れると、今度はスサノオの頭髪に巣食った虱を取るよう命じた。

虱取りというのは、取った虱を口に含んで噛み殺して吐き出す。だがスサノオの頭髪にいるのは虱ではなく、百足であった。だからとても口ではつぶせない。つぶせば

口の中を刺されてしまう。むろんスサノオの狙いはそこにある。

(うーん……)

オオナムチはまたもや万事休すと思ったことだろう。けれどもスセリビメがそっと現われ、椋の実と赤土をこっそりオオナムチに手渡した。

オオナムチは椋の実を口に含んで音を立ててつぶし、赤土をぺっと吐いた。いかにも百足を取ってつぶしているように聞こえる。果たしてスサノオは騙され、

(なかなか、可愛い奴ではないか)

そう心のうちに呟きながら、いびきをかいて寝てしまった。そのスサノオの油断を見逃さず、オオナムチは、

(ここにいても殺される——)

と根の堅州国から逃げ出すことを決めるのだが——。

◇恋の逃避行

オオナムチノ神には気がかりなことがあった。スセリビメが父親を見捨てて、自分

についてきてくれるかどうかである。

その不安を抱えながら、オオナムチはスサノオノ命の髪を梳く振りをして、その髪の束をつかんで大広間の屋根板を支えている垂木という垂木に結わえつけた。それから大きな岩で戸口を塞いだ。

これで逃げる準備は整った——。

よし、とオオナムチは息つく暇もなくスセリビメにこうささやいた。

「さあ、一緒に逃げよう」

そして彼女を背負う格好をした。

そのオオナムチの背に、スセリビメは素直に身を預けた。そのぬくもりを感じたとき、オオナムチは抑えていた息を大きく吐いたことだろう。

このときオオナムチは、スサノオの大刀に弓矢、それに琴を持ち出すことを忘れなかった。この大刀（生大刀）と弓矢（生弓矢）は政治の支配権を示すものであり、琴（天詔琴。天沼琴とも）は、神帰せや、神託を受けるさいに必要なものであった。

こうして宮殿から逃げ出した二人は、一目散に黄泉比良坂に向かった。地上との境

にある坂だ。そこへ向かう途中、持ち出してきた琴が、はずみで木の枝に触れてしまい、大地が鳴動するような音を立てた。

（うん、あの音は……）

目を覚ましたスサノオは、おのれ、わしが眠っている間に――。

そう言って立ち上がろうとする。けれども立ち上がれない。髪の束が垂木（たるき）に結（ゆ）わえつけられている。

くそッ――。

スサノオは舌打ちしたことだろう。

オオナムチとスセリビメは、スサノオが髪を解きほぐしているうちに、根の堅州国（かたすくに）の出入り口である黄泉比良坂（よもつひらさか）まで逃げ延びた。

7　オオクニヌシを名乗るオオナムチ――国づくりと子ダネ蒔き

◆ヤカミヒメの出現

　ようやく髪を解きほどいて黄泉比良坂まで二人を追ってきたスサノオノ命（須佐之男命）は、もはやここまでと観念したのだろう。娘をあの男に委ねようと、心に決める。

　スサノオは年頃の娘の身も心も奪ったオオナムチノ神（大己貴神＝大穴牟遅神）を憎んだが、いろいろ試すうちに見どころがあるとわかり、許すしかなかったのだろう。

　いずれにしても、スサノオはこう高らかに言い放つ。

「オオナムチよ。わしの大刀と弓矢を使って腹違いの八十神をことごとく倒し、貴様が葦原の中つ国を治めて、オオクニヌシノ神（大国主神）と名乗り、ウツシクニタマ

ノ神（宇都志国玉神）と名乗り、そしてわが娘スセリビメ（須勢理毘売）を妻とし、宇迦山の麓に高天原に届くほどに高い立派な宮殿を建てて住まえ」

このときのスサノオは、高天原の神々にも近い威厳に満ちていたことだろう。

こうして根の堅州国から地上へ逃げ切ったオオナムチは、岳父（妻の父）スサノオに命じられた通りに、八十神を残らず打ち倒し、オオクニヌシノ神を名乗って国つ神、すなわち国土に土着する神として君臨することになる。

そんなオオクニヌシのもとへ、因幡のヤカミヒメ（八上比売）が現われる。八十神の誰もが口説き落とせなかったヤカミヒメが、みずからその身を出雲へ運んできた。それだけにオオクニヌシは大喜びし、ただちに寝所に入ってねんごろに情を交わす。あの兎の予言が当たったのだ。これでヤカミヒメも自分のそばにおける――。

そう思ったことだろう。

けれども、事はオオクニヌシの思うように運ばないのである。

*

宇迦山というのは、現在の出雲大社（島根県出雲市大社町）の近くにある山のことです。

◆正妻対側妻（そばめ）

心を決めて出雲（いずも）へやってきたヤカミヒメは、その体をオオクニヌシノ神に許し、身ごもって子を生むが、悩んでいた。オオクニヌシには嫉妬深い正妻、スセリビメがいたからだ。

スセリビメは、ヤカミヒメと同じように自分からオオクニヌシを求めたが、それだけでなく、愛するオオクニヌシのために父のスサノオノ命（みこと）を見捨てた情熱的な娘である。そのぶん気性が激しく、嫉妬にかられやすかった。

その嫉妬にヤカミヒメはびくびくし、ついに出雲にいることが辛抱できなくなる。生んだ子を木の叉（また）に置いたまま、因幡（いなば）へ帰ってしまった。

（なぜだ……）

ヤカミヒメが里へ帰ってしまった寂しさに、オオクニヌシは耐えられなかったのだろう、高志国（こしのくに）（越国＝北陸地方）のヌナカワヒメ（沼河比売）を口説いた。

その経緯はこうだ。

オオクニヌシは沼河（新潟県糸魚川市付近）のヌナカワヒメの家にいたると、彼女に歌で呼びかけた。こんな内容の歌だ。

私ことヤチホコ（八千矛）の神（オオクニヌシ）は八嶋の国の隅々まで、好ましく思われる妻を捜したが見つけられず、遠い、遠い越の国に賢い美しい娘がいると聞いて、求婚の旅に出て、まだ大刀の緒も解かず、旅支度も解かず、娘の寝ている部屋の板戸を押し揺さぶって、立って待っていると、木々の繁る青い山ではぬえ（とらつぐみ）が鳴き、野の雉が鳴き、庭では鶏が夜明けを告げている。いまいましい鳥ども。あの鳥どもを打ち殺して、鳴くのをやめさせて、朝を促すのをやめさせたいものだ。今はこんな情況です――。

この歌を聞いたヌナカワヒメは、しかし寝屋（閨）の戸を開こうとはせず、こんな内容の歌で応えた。

私は風に吹かれてそよぐ、草のような女の身にすぎません。心は浦州（入江にある州）にいる鳥のようにいつも殿方を慕い求めています。今は駄目ですが、夜になったら沫雪のように若々しい胸を撫でさせましょう――。

つまり、彼女は戯れ合うこと、睦み合うことを承諾したのである。

そこでオオクニヌシは、夜を待ってヌナカワヒメのもとへ行き、情を交わした。

このようにオオクニヌシはスセリビメを初めとして、次々と娘と情交を重ねる。

そんなオオクニヌシは、オオナムチと呼ばれて八十神たちに酷使されていた頃の人物とは違う。

この頃のオオクニヌシは、出雲を中心に周辺の国々を支配し、治めている。そのため各地に側妻を置き、正妻のスセリビメ以外に五人の娘と積極的に情を交わし、子どもをもうけていた。

*

神が子ダネを蒔き散らすのは、豊作や大漁と同じことで、この世に神が示す恵みと考えられたようです。成り成りて成りあまれるところは先天的に「善」であったようです。

　またオオクニヌシは名を五つ持っています。最初のオオナムチ（大己貴。大穴牟遅とも）、次にアシハラシコオ（葦原色許男。葦原醜男とも）、オオクニヌシ（大国主）、ヤチホコ（八千矛）、ウツシクニタマ（現国玉。宇都志国玉とも）です。

◆一途なスセリビメ

　オオクニヌシノ神は嫉妬深いスセリビメにほとほと手を焼くのだが、とても可愛く、いとしくもあった。

　こんな出来事があった。ある日、オオクニヌシはしばらく嫉妬深い妻から離れようと出雲（いずも）から遠い大和（やまと）へ旅立つ決心をする。

　それを知ってスセリビメは、夫が大和でも側妻（そばめ）をつくるのではないかと、気が気ではなかった。子どものようにすねて泣く様子を見せた。その姿に、オオクニヌシはこんな内容の歌を詠（よ）んだ。

　いとしい我が妻よ。私が行ってしまったら、お前は泣かないと言っても、首うなだ

れて泣くだろう。めそめそするな。寂しいだろうが、心配するな。お前は美しい。一番いとしいのはお前だ――。

それを聞いたスセリビメは機嫌を直して手早く酒の支度をする。そして出かけようと馬の鞍（くら）に手をかけた夫に立ち寄り、酒杯を捧げてこんな内容の歌を返した。

あなたは男ですから行く先々に若草のような側妻（そばめ）がおりましょう。けれども私にはあなた以外に男はありません。さあ、夜具のやわらかな下で、私の沫雪（あわゆき）のように白い若々しい胸をまさぐってくださいな。さあ、御酒（みき）を召し上がってくださいませ――。

歌を歌ったり詠（よ）んだりするのは、歌の言葉には言霊（ことだま）、すなわち言葉にあると信じられた呪力を期待するからのようだ。その力を信じて、スセリビメも愛撫（あいぶ）をねだったのだろう。

スセリビメの胸は熱き血潮にうずいていたに違いない。そんな一途な妻が、可愛くないはずがない。

いずれにしてもオオクニヌシは馬の鐙から足をはずし、そそくさと家の中へ戻った。

いとしい妻の、熱き血潮に触れないではいられなくなったのだろう。

妻と酒を酌み交わすと、互いのうなじに手をかけ、高まった感情をぶつけるように夜具に倒れ込んで睦み合い、夫婦の縁を固めた。

◇海から来る神

ある日のこと――。

国づくりに悩んだオオクニヌシノ神は出雲の美保関の岬に立って海を眺めていた。するると波頭が白く立つ沖合から、小さい船が岬に漕ぎよってきた。よくよく見ると、ガガイモの実を割ってつくった船（天羅摩船）であった。その中にとても小さい神が乗っていた。その神は蛾の羽を剝いでそれを服にして着ていた。

（はて……あれは誰だろう）

不審に思ってオオクニヌシは、

「お前はいったい、何者だ」

そう尋ねてみたけれども、その神は応えない。周囲の従者たちに聞いても、知らないと首をひねるばかり。蝦蟇に聞くと、こう応えた。

「きっとクエビコ（久延毘古）が知っているでしょう」

クエビコとは、案山子に与えられた神名といわれる。春になると山の神が降りてきて田の神となるが、案山子は、その依り代として立てられたものだ。歩けないけれども一日中、立ち尽くしている。そのため天下のことをことごとく知っている。また蝦蟇は地の果てまで知っている神といわれる。

いずれにしてもオオクニヌシはクエビコを呼び出し、尋ねた。

するとクエビコは、

「あれは高天原のカムムスヒノ神（神産巣日神）の子どもで、スクナビコナノ神（少名毘古那神）でしょう」

と答えた。

（カムムスヒノ神なら……）

知っている――。

そうオオクニヌシは思ったことだろう。

かつてオオナムチノ神と呼ばれていた頃、妻争いで大勢の兄たち（八十神）の嫉妬を買い、赤い猪に似せた大きい焼け石で体を焼かれて死んだとき、母神がカムムスヒに乞い願って、生き返らせてもらった。まさにカムムスヒは命の恩人、忘れることはない。

オオクニヌシはこの小さい神を高天原に連れていき、カムムスヒに確認してみると、カムムスヒはこう言った。

「いかにもこれは私の子でスクナビコナです。あまりに小さいので私の指の間から漏れて、地上にこぼれ落ちてしまいました」

それで、スクナビコナにこう言ったという。

「お前はアシハラシコオノ命（オオクニヌシ）と兄弟となって、その国をつくり、固めなさい」

それを聞いてオオクニヌシは、ならば粗末にはできない――。

そう悟って、さっそくスクナビコナを相棒とし、その力を得て国づくりに励み出すのだが、事はうまく運ばない。

＊

カムムスヒノ神はすでに述べたように天地創造のはじめに立ち現われた神で、宇宙の生成をつかさどります。独り神（ひとりがみ）で、また姿を見せることのない神です。

◇出雲国（いずものくに）の繁栄

ある日のこと――。

スクナビコナノ神は突然、自分の役目はここまでだとオオクニヌシノ神に言い、海の彼方の常世国（とこよのくに）へ帰ってしまった。

予想外の事態に、オオクニヌシは狼狽（ろうばい）する。

（ああ、これからだというのに……。私一人でどうして国をつくり、固めることができよう。いかなる神の力を得ればよいのだろうか）

そうしみじみと思い、嘆いた。どうしてよいかわからなくなり、再び海に突き出した半島の岬にしょんぼりたたずんだ。

そのときである。海原を照らして光り輝きながら近寄ってくるまばゆいばかりの光を見た。

（な、なんだ。あの光は……）

新しい神の出現であった。その神が言うには、

「もし私の御魂を丁重に祀ったならば、私はお前に協力して共に国づくりをしよう。怠れば、この国がうまく治まることはあるまい」

それを聞いてオオクニヌシは、どのように祀ったらいいのかと訊ねた。

すると神はこう言う。

「大和の国を青垣のように囲む山々の、東の山の上に、身を清めて祀るがよい」

この言葉にオオクニヌシは従い、力を得ることにした。ただちにその神を大和の三輪山（奈良県）に祀り、これを三輪山に鎮座する神とした。

この神が、現在、大神神社（奈良県桜井市）に祀られているオオモノヌシノ神（大物主神）である。この神は森羅万象に宿る目に見えない力を象徴しているという。

いずれにしてもオオモノヌシを三輪山に祀ると、これまで葦ばかりが生える大地にすぎなかった地上は、出雲国を中心として豊かな水穂の実る国土となり、よく治まり、繁栄していった。

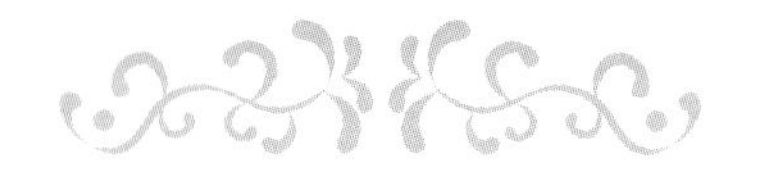

8 高天原（たかまのはら）の神々の欲求――出雲国（いずものくに）の統治作戦と身内の不祥事

◆アマテラスの宣言

オオモノヌシノ神（大物主神）の出現とその協力で、地上は出雲国（いずものくに）を中心として大いに栄え、オオクニヌシノ神（大国主神）は安堵（あんど）する。

いっぽうオオクニヌシによる地上界の国づくりを高天原からじっと観察していたアマテラス大御神（おおみかみ）（天照大御神）は、その発展を喜んだ。オオクニヌシはアマテラスの弟スサノオノ命（みこと）（須佐之男命）の娘婿でもあるからだ。

けれどもふと、アマテラスにこんな疑義が生じる。

（そもそも、あそこは……）

父母のイザナキ・イザナミノ神（伊邪那岐・伊邪那美神）のお二人がつくったもの

ではないか。末永く発展させるためには、国つ神より、天つ神による統治こそが望ましいのではないだろうか――。

そこでアマテラスは、高天原の神々にこんな詔をする。

「豊かな水穂の実る国である水穂国こそは、私の子であるアメノオシホミミノ命（天忍穂耳命）が治めるべきである」

この宣言は絶対命令のようなものである。

アマテラスは穀物が豊かに成育する葦原の中つ国が欲しくなったのかもしれない。

いずれにしてもアマテラスは息子のアメノオシホミミを呼び出した。

アメノオシホミミは、アマテラスが弟のスサノオと誓約をして神生みを競ったさい、スサノオがアマテラスの勾玉の髪飾りをもらい受けて口の中で噛み砕き、ふっと吹き出した息が霧となって、その中から最初に生まれた男神である。長男だけに可愛い。好意的に世話をしたかったのかもしれない。

アマテラスは呼び出したわが子、アメノオシホミミに地上界を統治するよう命じる。

こうして天孫（天つ国の神々）による地上界の統治作戦が進められるのだが、事はアマテラスの思惑通りには運ばない。

◇天(あま)つ神(かみ)の地上派遣

母神のアマテラス大御神(おおみかみ)から地上界の統治を委任されたアメノオシホミミノ命(みこと)は、天下ろうと天(あめ)の浮橋(うきはし)（天と地を結ぶ梯子(はしご)）あたりまでくると、そこで足を止めてしまった。

（なんか変だぞ……）

地上界の様子がおかしい。なんだか騒然としている。つぶさに観察すると、天(あま)つ神(かみ)が地上界を統治するために降りてくると知って、国(くに)つ神(かみ)たちが、そんなことはさせないと騒いでいるようであった。

（これは危ない。うかつに足を踏み入れられない……）

そう思い、アメノオシホミミは母神に報告、指図をあおいだ。

報告を受けたアマテラスは八百万(やおよろず)の神々を召集し、こう言う。

「葦原(あしはら)の中(なか)つ国(くに)には暴威を振るう乱暴な国つ神どもが、大勢いるようだ。どの神を遣わして平定したらよいだろうか」

神々が相談した結果、知恵者で知られるオモイカネノ神（思金神）が、こう言った。

「アメノホヒノ命（天菩比命）を遣わすのがよいでしょう」

オモイカネは、アマテラスが岩屋に閉じこもったさい、彼女を連れ出す名案を思いついた神である。

またアメノホヒは、アマテラスがスサノオノ命と誓約をしたさい、スサノオがアマテラスの首飾りを噛み砕いてふっと吹き出して生まれた神の一人で、やはりアマテラスの息子だ。

アマテラスはオモイカネの意見に同意する。

こうしてアメノホヒが使者として地上へ派遣されることになった。

◇身内の反逆

地上界を統治していた国つ神のオオクニヌシノ神は、天下ってきたアメノホヒノ命を大いに歓迎した。

けれども上手に話を持ちかけて、アメノホヒを自分の思う通りに従わせた。

懐柔されて安楽な生活に浸ったアメノホヒは、三年たっても高天原に何の報告もしなかった。息子の嘆かわしい有り様に、アマテラス大御神は再びオモイカネノ神に相談した。

「それでは、アメノワカヒコ（天若日子）がよろしいでしょう」

ということで、今度はアマツクニタマノ神（天津国玉神）の子であるアメノワカヒコを派遣することになった。

そのアメノワカヒコに、アマテラスは聖なる弓と矢を贈った。国つ神を武力で威嚇するよう内々の命令を下したのである。アメノワカヒコは勇躍、地上へ降りていった。

けれども彼もまた、オオクニヌシに丸め込まれてしまう。オオクニヌシの娘、シタテルヒメ（下照比売）を差し出されると、その色香に心を奪われ、武力行使も辞さないという意気を消沈してしまう。彼女は名前の通り下半身の照り輝く娘だったようで、アメノワカヒコを欲望の虜にしたのだろう。

いずれにしてもアメノワカヒコはシタテルヒメばかりでなく、葦原の中つ国もわがものにしようとたくらんでいたので、八年たっても何の報告もしてこなかった。

（どうしたものか……）

思案にあまったアマテラスに、オモイカネが、こう提案する。

「雉のナキメ（鳴女）をやってみましょう」

ナキメというのは、鳴きしゃべるのが得意な雉の女神である。その鳴き声から雉と名づけられたという。

そんな彼女を伝令として差し向け、出雲国に久しく逗留している理由をアメノワカヒコに問いただした上、任務を実行させることにした。

ただちにナキメは地上へ舞い下りて、アメノワカヒコの住む家の桂の木の枝に止まると、

「アメノワカヒコよ。あなたは命令に背いて、いったい八年もそこで何をしているのですかッ」

そう、うるさく鳴いて用件を伝えた。

けれどもアメノワカヒコに仕えているアメノサグメ（天佐具売）という召使いの女が、その鳴き声を聞いて御注進に及んだ。

「不吉な雉です。射殺してくださいな」

男の心をそそるようなシタテルヒメのあでやかな下半身にのぼせて、アメノワカヒ

コは気がゆるんでいたのだろう。アマテラスから贈られた弓と矢を持ち出し、雉を射った。矢は雉の胸を貫通し、ナキメは還らぬ人となった。

雉を射った矢は、さらに天高く高天原(たかまのはら)にまで飛んでいった。

高天原で、血のついた矢を見つけたのはタカミムスヒノ神（高御産巣日神）であった。

そう気づいて、アマテラスに知らせた。その矢を見たアマテラスは、こう思う。

（これは確か、アマテラスがアメノワカヒコに与えた矢……）

（アメノワカヒコの反逆かもしれない……）

そうであれば、生かしておくわけにはいかない――。

打ち続く身内の不祥事に、アマテラスは思い煩(わずら)ったことだろう。再び高天原の神々を召集し、こういう結論を得る。タカミムスヒが血のついた矢を神々に示し、呪的な力を込めてこう唱えた。

「この矢が、もしアメノワカヒコが悪い神を射た矢であるなら、決してアメノワカヒコに当たるな。だがアメノワカヒコが邪心を抱いているのなら、この矢に当たって死

ねッ」

唱え終えると、すかさず矢を弓につがえて、雲の穴から地上に向けて射返した。

矢は一気に地上へ落ちるように飛んでいった――。

（ヒッ……）

天上から射返された矢は、朝の寝床にいたアメノワカヒコの胸を射抜いていた。

＊

射返された矢、還矢（かえしや）はきっと当たるという「還矢恐るべし」という諺（ことわざ）は、これがもとでできたと、『古事記』には記されています。

また、使いに出された雉は帰ってきませんでした。そこで今でも諺に「雉子（きぎし）の頓使（ひたつかい）（行ったきり帰ってこない使い）」というのは、これが起こりであると、記されています。

◇悪化する天と地の関係

突然、返し矢に射殺されたアメノワカヒコノ命（みこと）――。

大事な夫に死なれ、シタテルヒメは大泣きに泣いた。その泣き声は風が吹くにつれて、高天原（たかまのはら）にまで届いた。

その声を聞いて高天原にいるアメノワカヒコの父や、アメノワカヒコの妻子が出雲（いずも）に降りてきた。やはり泣き悲しみ、喪屋（もや）（埋葬の日まで遺体を安置しておく小屋）をつくって亡骸（なきがら）を納めた。

そして葬儀の役目を鳥たちに分担した。雁（かり）は死者に食べ物を運ぶ係、鷺（さぎ）は弔（とむら）いの家の掃除係、翡翠（かわせみ）は料理の係、雀は米搗（つ）き女の役、雉は葬儀のときに泣く女の役、などとした。

役目をすべて鳥に受け持たせたのは、死者の魂は鳥になって天に昇る、または鳥が死者の霊魂を死者の国へ運ぶと信じられたからである。

こうして八日八夜にわたって歌舞し、アメノワカヒコを弔（とむら）った。

そのとき、シタテルヒメの兄が高天原から弔問に現われた。この兄は死んだアメノワカヒコにそっくりな顔をしていた。オオクニヌシノ神が情交を結んだ娘の一人が生んだ子で、名をアヂシキタカヒコネノ神（阿遅志貴高日子根神）という。

そのシタテルヒメの兄を見ると、

「やや……死なずに生きていたのか」

親族はみな、彼にとりすがって泣いた。戸惑ったのはシタテルヒメの兄である。自分が死者に間違われたからだ。当時、死や死者は穢(けが)れとされ、忌み嫌われている。

「なんだって、私を穢らわしい死人に見立てるのだ。縁起でもないッ」

そう言って激怒し、暴れ狂い、その場から立ち去ってしまった。

妹のシタテルヒメは、怒った兄が飛ぶように去っていったとき、弔問客に兄を紹介する歌——夷振(ひなぶり)と呼ばれる田舎風の詩歌で、民謡の始まりといわれる歌を、歌った。兄を誇りに思っていたからだろう。この歌には兄への褒め言葉がたくさん並んでいる。

いずれにしても、このアメノワカヒコの死によって地上と高天原(たかまのはら)との関係は悪化する。

9　オオクニヌシの国譲り——出雲大社の起源と由来

◇勇猛な天つ神の登場

地上への使者の派遣にたびたび失敗したので、次に誰を派遣するかという問題でアマテラス大御神（天照大御神）は思案に暮れていた。

そんなアマテラスにオモイカネノ神（思金神）と多くの神々が一致して派遣を勧めたのが、イツノオハバリノ神（伊都之尾羽張神）、さもなければその息子タケミカヅチノオノ神（建御雷之男神）であった。

オハバリは、イザナキノ神が我が子・火の神の首を斬った十拳剣から生まれた神で、いわば武門の家柄といえる。だがオハバリにはひねくれているところがあり、安の河の水の流れをせき止めて道を塞いでいるので、今までのような神ではとても彼に近づ

けないという。近づけなければ派遣の依頼ができない。そのため、特別に鹿の神であるアメノカクノ神（天迦久神）を使者として立てることにした。ちなみにカクノ神の「カク」は鹿児の意である。

そこで使者に立った鹿の神は、巧みに道をたどってオハバリのもとに行き、高天原の苦しい立場を伝え、地上への派遣を承諾してほしいと訴えた。

するとオハバリはこう言った。

「かしこまりました。お仕えいたしましょう。けれども、この仕事は、私より息子のタケミカヅチのほうが向いているでしょう」

こうして地上への四度目の派遣はタケミカヅチと決まった。もう一人、鳥のように天がける船の神、アメノトリフネノ神（天鳥船神）も一緒に派遣することになった。

地上のオオクニヌシノ神（大国主神）は大いに困惑したことだろう。勇猛なるタケミカヅチの登場だからだ。その武力は半端ではない。

（まともに戦っては、奴に勝てまい……かといって）

今までのように懐柔もできまい――。

そう、頭を悩ましたことだろう。

◈武力で迫るタケミカヅチ

タケミカヅチノオノ神（建御雷之男神）は猛々しい雷神であり、刀剣の神である。

アメノトリフネノ神（天鳥船神）は鳥のように速く走る船の神である。

その天鳥船（あめのとりふね）に乗って、タケミカヅチは高天原（たかまのはら）から出雲（いずもの）国の稲佐（いなさ）（伊那佐）の浜辺に降りた。

（ついに来たか……）

オオクニヌシノ神は観念したかのように呟（つぶや）いたことだろう。

そんなオオクニヌシには多くの子どもがいた。中でもコトシロヌシノ神（事代主神）とその弟のタケミナカタノ神（建御名方神）は特に優れていたが、この日はあいにく二人とも留守をしていた。

稲佐の浜辺に降り立ったタケミカヅチは、何も言わずに腰に帯（お）びた十拳剣（とつかのつるぎ）を抜いた。

その剣を逆さまにして波頭に刺し立てた。そして、切っ先の上に胡坐（あぐら）をかいて座り、

オオクニヌシにこう呼びかけた。

「アマテラス大御神(おおみかみ)の仰(おお)せである。そなたが治めているこの国はそもそも大御神の御子(みこ)が治めるべきところ。いかにッ」

国譲りを承諾するかどうか、諾否(だくひ)を迫った。

武力を背景に国譲りを迫られたオオクニヌシは窮し、こう言った。

「私はもはや年老いて、自分の一存で答えるわけにはいきません。息子のコトシロヌシに返事をさせたいのですが」

今は漁に出向いていて留守でして――。

即答を避けたのである。何事においても、即答はすべきものではない。また息子もそれなりの立場にあるので、自分一人の考えでは決められない。そう考えたのだろう。

するとタケミカヅチは、コトシロヌシをすぐに探して呼んでくるようアメノトリフネに命じた。

＊

この稲佐浜の「稲佐」は、「諾否(いなせ)」の変化したものといわれ、文字通り諾と否の浜なのです。

◆オオクニヌシ一家の完敗

アメノトリフネノ神（天鳥船神）はただちにコトシロヌシノ神（事代主神）を探しにいき、見つけ出すやいなや稲佐（いなさ）の浜に連れ戻ってきた。

コトシロヌシは戻ってくるなり、父のオオクニヌシノ神（大国主神）に、

「かしこまりました。この国は、アマテラス大御神（おおみかみ）の御子（みこ）に差し上げたらよろしいでしょう」

そう言い、乗ってきた自分の船を踏みつけ、呪術の一つである「天の逆手（あまのさかて）」という拍手（かしわで）を打って船を青葉の柴垣（しばがき）に変化させると、その中にこもってしまった。

コトシロヌシは連れ戻される途中、アメノトリフネに脅しをかけられていたのかもしれない。

「ほかに、意見を言うような奴はいるか」

タケミカヅチノオノ神は、オオクニヌシに畳みかけた。

「今一人、タケミナカタという息子がおります。これ以外にはおりません」

そう返事をしているところに、天孫(てんそん)との交渉を聞きつけたタケミナカタノ神が、千人引きでやっと動くというほどの大岩を手に持って現われた。

「誰だ、何の用だ。我が国を奪うというなら、力比べで勝負を決めてからにしろ。まず、オレが先にお前の手をつかんでやろう」

そう言ってタケミナカタはタケミカヅチの手をつかむや、握り潰そうとしたが――。

(な、な、何なんだ……)

つかんだタケミカヅチの手は、氷のつららに変わったかと思うと、剣の刃(やいば)そのものに変わった。冷たくて痛い。とても握ってはいられなかった。とっさに手を離した。

「ふふふ、どうした」

せせら笑いながら、今度はタケミカヅチがタケミナカタの手を取った。そして若い葦(あし)を引き抜くように引っ張り、投げ飛ばした。タケミナカタは逃げ出した。逃げるタケミナカタを追い、信濃(しなの)の諏訪(すわ)湖にまで追いつめると、殺そうとした。

するとタケミナカタはこう言って命乞いをした。

「恐れ入りました。私はこの諏訪の地から絶対に離れません。また父の命令にも、兄の言葉にも背きません。この葦原(あしはら)の中(なか)つ国(くに)を、アマテラス大御神(おおみかみ)の御子(みこ)に差し上げま

す」

　このように自慢の息子たちが国譲りを承諾したため、オオクニヌシはもはや施す術がなかった。国譲りを決意したオオクニヌシは、

「私にも異存はございません。この葦原の中つ国を天つ神にお譲りしましょう。けれどもただ一つ、お願いが……。私の住まいとして壮大な社をつくってください。しっかりした土台石の上に、天にまで届くほど高く太い宮柱を建て、千木（社の屋根の上に突き出て交差した装飾材）をそびえさせた神殿をつくってください」

そうして祀(まつ)っていただければ、私は遠い黄泉(よみ)の国に身を隠すことにいたしましょう。大勢の子どもたちもコトシロヌシに従い、お仕えいたしますゆえ、アマテラス大御神に背くことはありません――。

そうタケミカヅチに言って、ついにこの世を去った。

こうして国(くに)つ神(かみ)のオオクニヌシ一家は完敗、タケミカヅチは国譲りを成功させた。

このときオオクニヌシの住まいとしてつくられた社(やしろ)が、出雲(いずも)大社のよってきた源である。

10　ニニギの降臨——コノハナノサクヤビメの放火と出産

辻に立つ不審な神

任務を完遂したタケミカヅチノオノ神（建御雷之男神）は、さっそく高天原に帰ると、葦原の中つ国を平定し帰順させた経過を報告した。

その報告を受けたアマテラス大御神（天照大御神）はとても喜んだ。一時はどうなることかと不安になったこともあっただけに、安堵の胸を撫で下ろしたことだろう。

アマテラスは平定した出雲国の統治司令官に可愛いわが子、アメノオシホミミノ命（天忍穂耳命）を任命した。

けれども息子のアメノオシホミミはこう答える。

「じつは私が天下りの支度をしている間に子どもが生まれましたので、その子ニニギ

ノ命（邇邇芸命）を、葦原の中つ国に行かせましょう」

アマテラスに孫ができたのだった。孫も可愛い。アマテラスは息子の提案を受け入れ、ニニギにこう言う。

「葦原の中つ国は、あなたが統治すべき国であると委任します。だから命令に従って天下りなさい」

こうして生まれたての、生命力にあふれたニニギの降臨が決まった。

孫の出発を前に、アマテラスが地上を望見すると――。

天下る道の八方に分かれている辻に、一人の神が立ちはだかっていた。その身は光り輝き、上は高天原を照らし、下は葦原の中つ国を照らしていた。

（はて、あれは……）

誰かしら――。

そう訝ったアマテラスは、ただちに女神のアメノウズメノ命（天宇受売命）に、

「あんなところで、なぜ道を塞いでいるのか、尋ねてきなさい」

そう命じ、こうつけ加えた。

あなたはかよわい女だけれども、向き合った神に対して少しも恐れない勇気を持つ神なのだから、あなた一人で行ってきなさい——。

ウズメは、アマテラスが岩屋に閉じこもったさい、女だてらに裸踊りをして見せ、男神から喝采（かっさい）を浴びた女神だ。そのウズメの顔はとても面白く、どんな相手でも顔を合わせると警戒心を解いて気を許してしまうので、にらみ勝ちできるようだ。

いずれにしても只者ではない女であるウズメは、さっそく地上へ降りていき、辻に立つ男神に歩み寄った。

（うん……）

ウズメに気づいた男神は、果たして身構えなかった。何をしているのかというウズメの問いに素直に応じ、こう言った。

「私は国（くに）つ神（かみ）で、サルタビコ（猿田毘古）という者です。天（あま）つ神（かみ）の御子（みこ）が天下ると聞いて、道案内に参りました」

◆日向の宮づくり

辻に出ていた不審な神は、ニニギノ命（邇邇芸命）の先導役を務めようと迎えに出ていただけとわかり、アマテラス大御神は安堵した。さっそくニニギの配下として、アメノコヤネノ命（天児屋命）ほか、四部族の神々を同行させて送り出すことにした。また、いわゆる三種の神器（八咫鏡・八尺瓊勾玉・草薙剣）を預けた。鏡は岩屋戸のアマテラスを映した鏡。勾玉はアマテラスが岩屋に閉じこもったとき榊につけて捧げられたもの。剣は弟のスサノオノ命（須佐之男命）がヤマタノオロチの尾から取り出したものだ。

さらにアマテラスは、オモイカネノ神（思金神）、アメノイワトワケノ神（天石門別神）など、有力な神々もニニギの腹心としてつけた。そして、こう言った。

「ニニギ、この鏡はとりもなおさず私の御魂だと思って仕え、祀りなさい。それからオモイカネ、あなたは政治のことを受けもって、これを執り行ないなさい」

こうしてニニギを統治司令官とする天孫の面々は高天原から地上へと向かった。サルタビコが先導役である。

途中、天空に幾重にもたなびく雲を押し分け、神威をもって道をかき分け、かき分けして地上へ降り下った。そこは筑紫の東、日向の高千穂の峰であった。

このとき、ニニギはこう言う。

「この土地は、遠く海を隔てて韓国（朝鮮）を望み、笠沙の御前（岬）にまっすぐ道が通じていて、朝日のまともに射す国、夕日の明るく照る国である。だから、ここぞ吉相の土地だ」

そこで、この地の地底深く、太い宮柱を打ち立てて、天空高く千木をそびえさせた宮殿、日向の宮をつくった。これが、ニニギの最初の仕事であった。

この地の壮大な宮殿に住まって成長したニニギは、故郷に帰りたいというサルタビコを、ウズメに送らせた。

またウズメには、サルタビコに一人で立ち向かい、その正体を明らかにした褒美として、その名を名乗り、代々伝えるよう命じた。そのためウズメは「サルメノキミ（猿女君）」と呼ばれるようになった。

こうしてウズメはサルタビコの力も身につけ、ますます只者ではない女となった。

なぜなら名前をもらうというのは、相手の力を得ることにつながるからだ。

◈出会いがしらの恋

ある日――。

ニニギノ命（みこと）は朝日の射す国、夕日の照る国の笠沙（かささ）の岬で、一人の乙女に出会う。

（なんて見目麗（みめうるわ）しいのだろう……）

ニニギは乙女の姿に心を奪われ、声を掛けずにはいられなかった。

「あなたは、いったい誰の娘なのか……」

そう尋ねるニニギに、

（よそものかしら……）

用心しなきゃと、乙女は警戒心を抱いたに違いない。少し間をおいてから、こう答えた。

「私はオオヤマツミノ神（大山津見神）の娘、コノハナノサクヤビメ（木花之佐久夜毘売）と申します」

（なんと……）

容貌だけでなく名前まで美しい――。

ニニギは思わずこう聞いていた。

「兄弟（はらから）はあるのか」

姉でもいれば、やはり美しい女であるに違いない――。

そう思ったのだろう。

「イワナガヒメ（石長比売）という姉がおりますが……」

コノハナノサクヤビメが答えると、ニニギはすかさず、

「私はあなたとまぐわいたい」

単刀直入に肉体関係を求めた。出会いがしらのひと目ぼれなら、遠回しな言い方よりも、ずばり言うほうが受け入れられるのではないかと、直感したのかもしれない。

けれどもコノハナノサクヤビメは、こう言う。

「私には答えられません。父上にお尋ねくださいな」

ならばとニニギは娘の父親、オオヤマツミに使いを出し、自分の気持ちを訴えることにした。

オオヤマツミは山を支配する神である。天孫(てんそん)であるというニニギの話を使いの者から聞くと、とても喜んで、二つ返事で承諾し、姉のイワナガヒメも一緒に差し出すという。

それを聞いてニニギは、

(よしッ、いいぞ)

そう、思ったことだろう。けれども宮殿にやってきたイワナガヒメはニニギの期待を裏切っていた。妹に比べると、とても容姿が醜かったので親元へ返してしまった。

その夜——。

妹のコノハナノサクヤビメだけを留(とど)めて、寝所に入って一夜契(ひとよちぎ)りを結んだ。

こうしてニニギは出会いがしらの恋を成就させたのだが——。

◇一夜妻(ひとよづま)の決意

娘二人を差し出したものの、姉娘を送り返された父親のオオヤマツミノ神は深く恥じ入って、ニニギノ命(みこと)にこう申し送った。

「二人の娘を差し出しましたのはワケがあってのこと。あなた様が姉娘をそばに置けば、天つ神の御子の寿命は岩のように永遠に変わらず、揺るぎなく続きます。妹娘のほうなら、木の花が咲くように栄えるであろうと、祈誓（神に祈って誓いを立てること）して差し出しました。けれどもイワナガヒメをお戻しになり、コノハナノサクヤビメ一人をお留めになりましたから、天つ神の御子の寿命は木の花のようにはかないことでしょう」

ニニギは驚いたことだろう。けれども、手遅れである。

それからしばらくたった、ある日のこと――。

コノハナノサクヤビメが参内して、ニニギにこう言う。

「じつは……あなたの御子を身ごもっておりましたが、今や出産の時期になりました」

（なんだって……）

あの一夜のまぐわいで、孕んだというのか――。

そう、ニニギは言い放った。一夜だけ関係を結んだ相手、一夜妻が孕むなど、考え

られなかったのだろう。自分の子ではない、その子は国つ神の子ではないのかと、疑った。

(なんてひどいことを……)

あの夜のニニギはやさしくて、その愛撫は情熱的で印象的であったに違いない。それだけにコノハナノサクヤビメは悲しくて、また腹も立ち、失望したことだろう。

コノハナノサクヤビメは、

「このお腹の子は天つ神の御子、それゆえ、私一人の子としてこっそり生むべきではないと考えて、打ち明けたのですよ」

と言い、さらに身の潔白を明かすために誓約をする決意を示した。神意をうかがう誓詞を述べた。

「お腹の子が、このあたりにいる国つ神の子なら、無事には生まれてこないでしょう。もし天つ神の御子であるなら無事に生まれるでしょう」

そう言い置くと、すぐに出産の準備を始めた。戸口のない産屋をつくり、その中に入って周囲の隙間を粘土で塗り固めて塞ぎ、みずから閉じこもった。

そして出産の当日――。コノハナノサクヤビメは産屋に放火した。

それでも無事に生まれれば、天つ神の御子の証となるからだ。果たして、火が盛んに燃えるとき、まずホデリノ命（火照命）が生まれた。

次に生まれたのがホスセリノ命（火須勢理命）、次にホオリノ命（火遠理命。別名ヒコホホデミノ命＝日子穂穂手見命）が生まれた。

こうして三人の御子を無事に出産し、コノハナノサクヤビメは身の潔白を証明した。

＊

ニニギがコノハナノサクヤビメ一人を宮殿に留めたため、今にいたるまで代々の天皇の寿命は長くないのであると、このとき『古事記』は記しています。当時の天皇の寿命は短かったようです。

コノハナノサクヤビメの生んだホデリは、海の幸を漁る海佐知毘古（海幸彦）となり、ホオリは山の幸を求める山佐知毘古（山幸彦）となります。ちなみにホスセリの運命については不詳です。

11 海幸彦(うみさちびこ)と山幸彦(やまさちびこ)――兄弟争いと神武(じんむ)の誕生

◆潮路(しおじ)をつかさどる神の出現

ある日のこと――。

山へ獲物をとりに行って帰ってきたホオリノ命(みこと)（火遠理命＝山幸彦）は、（毎日、山に入って同じことばかりしているんじゃ、つまらない……）と、兄のホデリノ命(みこと)（火照命＝海幸彦）にこんな提案をする。

「兄さん、お互い猟具と漁具を取り替えっこして使ってみようよ」

海幸彦は承諾しなかった。山幸彦はあきらめずに二回、三回と粘り強く頼むが、ことごとく断わられる。ようやく四回目に兄の許しが出た。

「じゃあ、大事に扱えよ」

兄は弟に海釣りの漁具を手渡した。

（やったッ）

弟も、山で獲物をとる猟具を兄に手渡した。

こうして山幸彦は兄の漁具を持って海に出かけていき、海釣りに挑んだ。けれども一匹も釣れない。それどころか釣り鉤（ばり）（針）を魚にとられてしまう。

その日、兄の海幸彦がこう言った。

「やはり自分の道具でなければ獲物がとれない。海釣りの道具を返してくれ」

（しまった……）

山幸彦はうろたえた。

「……じつは、針をとられてしまったんだ」

「なんだとッ」

兄は声を荒立てて怒鳴った。ひたすらわびても、「どうでも針を返せッ」と責め立てる。そのため山幸彦は自分の十拳剣（とつかのつるぎ）をつぶし、五百本もの釣り針につくり直して、兄に差し出した。

けれども兄は、「こんなものはダメだ」と言って受け取らない。千本つくっても、

「ダメだ、ダメだ。あの針を返してくれ」

と突っ込んでくる。

（どうすればいいんだ……）

困惑しきった山幸彦は海辺に出て嘆き悲しみ、ぼんやり大海原を眺めていた。そのとき、

（おや、あれは……）

潮路（しおじ）をつかさどるシオツチノ神（塩椎神）が立ち現われた。

「何を悲しんでおられる」

山幸彦はすがる思いでこれまでの経緯をすべて打ち明けた。するとシオツチは、

「良いことを教えましょう」

そう言い、竹を細かい目に編んで籠（かご）の小船をつくり、そこに山幸彦を乗せた。

「私がこの船を押し流します。船はよい潮路に乗って、夜が明ける頃には魚の鱗（うろこ）のように家を並べてつくった宮殿に着くでしょう。それはワタツミノ神（綿津見神＝海神）の御殿ですが、その門のかたわらに泉があり、その脇に神聖な桂（かつら）の木がありますので、その木の枝に上がって待っていらっしゃい」

言い終えると、シオツチは立ち消えてしまった。

◇トヨタマビメとの出会い

山幸彦（ホオリノ命(みこと)）はシオツチノ神に言われた通り、泉のそばにある桂の木の枝に上がって待っていた。

そこへ器(うつわ)を持った一人の女がやってきた。女はワタツミノ神の娘のトヨタマビメ（豊玉毘売）の侍女で、泉に水を汲みにきたのだった。

侍女は水を汲もうとして、泉の中に光が射しているのに気づいた。

（まあ……）

きれい。泉の中に神さまがいるのかしら――。

そう思いながら振り仰いで見ると、桂の木の上に美しい男がいる。

（あの方は、いったい……）

と、不思議に思ったそのとき、

「水を下さい」

男が声をかけてきた。侍女はただちに水を器に汲んで差し出した。けれども男は水を飲まず、首にかけている玉の緒をほどくと、その玉を口に含んでから器の中に吐き出し、侍女に返した。

（えッ……）

何をするのと驚いて、その玉を取ろうとするが、玉は器の底にくっついて取れない。

（うん……ッ）

侍女は仕方なくその器を持ってトヨタマビメのもとへ急いで引き返し、器を差し出した。

トヨタマビメは器の底の玉を見ると、こう侍女に尋ねた。

「門の外に誰かいるのではないの」

侍女は答えて言う。

「ええ、泉の脇の桂の木の上に、たいそう立派な男の方がいらっしゃいます。そのお方が水をご所望なさるので、差し上げますと、お飲みにならず、玉をこの中にお吐きになりました。それが底にくっついて離れません」

「……どなたかしら」

不思議に思って外へ出たトヨタマビメは、男の姿を一瞥すると、

（まあ本当に立派なお方だこと……）

と、その目を見つめ、こんなお方と契りを結べたらいいのにと、たちまち心を引かれてしまい、恋慕の情にぽっと、顔を赤らめる。そんなトヨタマビメに、山幸彦も一瞬のうちに恋情を燃え上がらせ、その目をとらえて離さない。

こうして目と目を見合わせているだけで、互いに考えていることが言葉を使わないでもわかった。二人は行為的直観、すなわち認識即行為の働きで、

（すぐにでも、まぐわいたい――）

そう、心から感じていた。

けれどもトヨタマビメは、その場では山幸彦に身をゆだねなかった。我に返ったかのように、父であるワタツミノ神のところへ走っていき、こう報告した。

「門の前に立派なお方がお見えになっていますが」

興奮気味に言う娘に促されて父親は外へ出たが、山幸彦を見たとたん、

（うむ……。これは尊い血筋のお方に違いない）

そう、直感する。

こうして山幸彦はワタツミノ神の宮殿に招かれて、貴重なアシカの毛皮を八枚も敷かれる歓迎を受けた。むろん山幸彦はトヨタマビメを、トヨタマビメは山幸彦を、貪るようにして愛し、来る日も来る日も満ち足りた夫婦生活を送った。

そのため、月日のたつのは速かった——。

◇兄を従えた弟

すでに三年の歳月が流れていた。

ある日の晩、山幸彦（ホオリノ命）は夫婦生活に倦怠を覚えた。そのとたん、自分がワタツミノ神のもとにきた目的を思い出して、思わず知らず深いため息をついた。

（はて、普段はため息などついたことのないお方なのに……）

横に寝ていたトヨタマビメはそう思い、翌日、そのことを父親に告げた。

それを聞いてワタツミノ神は山幸彦に、

「どうかなされましたか……」

と、娘から聞いた昨夜の大きなため息のワケを尋ねた。すると山幸彦は、

「いや、じつは」

兄とのことが気になりましてと、兄弟が不仲になった経緯をすっかり打ち明けた。

「そういうことでしたか……」

ならばと、ワタツミノ神は海の中の魚という魚を呼び集め、調べてみた。果たして一匹の鯛(たい)の喉に針が引っかかっていた。発見された釣り針を差し出された山幸彦は、

「これだ、これですッ」

これさえあれば、帰れる。この倦怠感からも解放される――。

そう思ったことだろう。

いずれにしてもワタツミノ神は、地上の兄のもとへ帰りたいという山幸彦の申し出に大きく頷(うなず)き、承諾した。そして田畑の水を支配する水神でもあるワタツミノ神は、

「この針を兄君にお返しするときは、後ろ向きになって〝ふさぎ針、せっかち針、貧乏針、愚か針〟と呪いの言葉を唱えてお渡しなさい。それから兄君が高い場所に田んぼをつくったなら、あなたは低いところにつくりなさい。兄君が低い場所につくったなら、あなたは高いところにつくりなさい。そのようになされれば、私は水を支配して

おりますから、兄君はひどい目にあい、三年で貧乏になるでしょう。もし争いになったら、潮の干満を支配するこの珠を出しなさい。潮満珠で潮を満たして溺れさせ、謝ってきたら潮干珠で干上がらせて許してやりなさい」

そう言って山幸彦に二つの珠を授け、水を支配する力を与えた。

その日、ワタツミが集めた鰐（＝鮫）の中の一尋鰐が、山幸彦を一日で地上の海辺に運んだ。

三年ぶりに故郷の国に姿を現わした山幸彦は、ワタツミノ神から教えられた通り、兄の海幸彦に背を向けて釣り針を返した。むろん呪文を唱えることも忘れなかった。

その後、万事がワタツミノ神の言った通りになった。海幸彦は気が滅入ってふさぎ込み、貧乏のどん底へ、さらにいらいらして――。

（なんで、俺だけが……）

そんな思いに落ち込んで、豊かに暮らす弟の山幸彦をついに妬み憎むようになり、争いを起こした。

けれども山幸彦にはワタツミノ神から贈られた珠がある。その珠で兄を苦しめた。

とうとう兄は弟に許しを乞い、こう言った。

「これから先、私はあなたの配下となって、あなたを護衛する者となろう」

以来、海幸彦の子孫の隼人は海水に溺れたときのさまざまの仕草を演じて、宮廷に仕えている。

◆覗かない約束

一方、トヨタマビメは地上へ帰ってしまった山幸彦（ホオリノ命）を忘れることができなかった。

トヨタマビメにしてみれば、山幸彦と慣れ親しんだ三年という歳月は蜂蜜のように甘かった。快楽というものを知ってますます大胆に情を交わし、夫婦の縁を固めたい。そんな思いでいる矢先、山幸彦がいなくなってしまったに違いない。

いずれにしてもトヨタマビメは身ごもっていた。彼女は意を決し、山幸彦の後を追って海底の宮殿を抜け出して地上にやってくる。

トヨタマビメは山幸彦に会うと、きっぱりこう言った。

「私は早くから身ごもっておりましたが、いよいよ出産の時期になりました。けれども天つ神の御子を、海原で生むのはよろしくありません。それでこちらに出て参りました」

「そうであったか」

ならばすぐに産屋を――。

そう言うと、山幸彦はただちに海辺の波打ち際に、鵜の羽を使って産屋をつくらせた。ところが産屋の屋根を葺き終えないうちにトヨタマビメは産気づき、こらえきれずに産屋に入った。そのときトヨタマビメは、

「異郷の者は子を生むとき、故郷の国の姿かたちに戻って生むものでございます」

ですから私も本来の姿となって生みましょう。お願いですから決して御覧にならないでくださいね――。

そう、山幸彦に訴えて産屋に閉じこもった。

＊

当時、出産にあたって別棟の家（産屋）をつくり、ここで産婦は出産前後、別火（炊事の火を母屋の火と別にすること）の生活を送りました。出産のさいの血の汚れ

が、穢れとして忌み嫌われたからです。

また炊事の火を別にするのは、同じ竈の火で調理したものを食べると、穢れが伝染すると考えられたからです。これは黄泉の国でのイザナキとイザナミの体験と通底しているようです。

◆ウガヤフキアエズの誕生

山幸彦（ホオリノ命）は、トヨタマビメの言った「本来の姿」とはいったいどういうことなのかと、不思議に思っていた。

その日――。

お産の始まる頃、山幸彦はまだ屋根が葺き終わらない産屋をそっと覗き見て、仰天する。

（な、なんなんだッ……）

産屋の床に横たわっているのは、トヨタマビメではなかった。大きい鰐（＝鮫）が横たわって身をくねらせている。まるで悶えている様子であった。そのとき、

（あら……ッ）

　トヨタマビメは産屋を覗かれたことに気づき、

（あれだけ言っておいたのに……こんなことに）

　怒るより、すっかり恥じ入ってしまう。自分の本来の姿を見られてしまったからだ。

（もう、ここにはいられない……）

　海へ帰るしかなかった。

　戸外にいる山幸彦に聞こえるように、こう言った。

「私は無事に出産できたなら、海の底からたびたびこちらへ通ってきて、お仕えしようと考えておりました。けれどもこの姿を見られたからには、もうそれもできませ

ん」

それからトヨタマビメは海の底と地上の国との境を塞(せ)き止めると、生まれた子を置いて自分の故郷へ帰ってしまった。

このとき生まれた御子(みこ)は、ウガヤフキアエズノ命(みこと)(鵜葺草葺不合命)と名づけられた。

◇神武(じんむ)天皇の誕生

ウガヤフキアエズノ命(みこと)を生んだトヨタマビメは、約束を破って覗き見をした山幸彦(ホオリノ命(みこと))の心を恨(うら)めしく思いながらも彼を、また生んだ子を、忘れられなかった。恋しくてたまらない。その気持ちを抑えることができなくなった。

そこでトヨタマビメは何か頼りにするものがあればと、生んだ子を育てるゆかりの者として妹のタマヨリビメ(玉依毘売)を地上へ遣わした。そのとき、妹に託してこんな内容の歌を山幸彦に贈った。

今でもいとおしく、あなた様をお慕い申し上げております――。

それに対して山幸彦は、こんな内容の歌を返した。

私がともに寝たうるわしい乙女よ。いとしいあなたのことを、一日たりとも忘れることなどできない。この世に生きているかぎり――。

この山幸彦は、別名をヒコホホデミノ命（日子穂穂手見命）と言うが、高千穂の宮にいること五百八十年に及んだ。

トヨタマビメが生んだウガヤフキアエズは、長ずるに及んで自分を養育してくれた母の妹、すなわち叔母のタマヨリビメと契りを結び、彼女を妻とした。かなりの年上妻になるが、生みの母に会いたくても会えない寂しさを、育ての親であるタマヨリビメにぶつけ、それをタマヨリビメが受け入れたにちがいない。

いずれにしてもタマヨリビメはウガヤフキアエズとの間に四人の男神をもうけた。

その末っ子の四男、カムヤマトイワレビコノ命（神倭伊波礼毘古命）が、のちになって神武天皇と呼ばれ、初代天皇となる。

つまり、神武天皇はアメノオシホミミノ命（アマテラス大御神の息子＝ニニギノ命の父親）の四代後の子孫なのである。

＊

相手の名前をもらったり、契りを結んだりするのは、相手の力を得ることにつながるといわれます。アメノウズメが道を塞ぐサルタビコに一人で立ち向かい、その正体をつかんだ褒美に、その名を名乗ることを許されて、その力を得ます。

山幸彦の父親ニニギノ命は、コノハナサクヤビメ（オオヤマツミの娘）という女神と契りを結び、山の力を手に入れました。その息子、山幸彦はワタツミノ神の娘、トヨタマビメとねんごろになり、海（水）の力を手に入れています。だから以後、ニニギ一族は国の支配者になれたといわれます。

（上巻　了）

古事記【中巻】

1 初代神武天皇（カムヤマトイワレビコ）の東征

◇東への道

上巻で述べたように、山幸彦すなわちホオリノ命（火遠理命）、別名ヒコホホデミノ命（日子穂穂手見命）は、ワタツミノ神（綿津見神）の娘・トヨタマビメ（豊玉毘売）を妻とした。

そのトヨタマビメは山幸彦に産屋を覗かれ、本来の姿を見られたので、生んだ御子・ウガヤフキアエズノ命（鵜葺草葺不合命）を置いて海原の奥の故郷へ帰ってしまった。

そのためウガヤフキアエズはトヨタマビメの妹のタマヨリビメ（玉依毘売）に育てられた。長ずるに及んで、ウガヤフキアエズはその叔母タマヨリビメと契りを結んでしまう。叔母と甥っ子が恋に落ちたのである。

その結果、タマヨリビメはウガヤフキアエズとの間に四人の男神をもうけた。まずイツセノ命（五瀬命）、次にイナヒノ命（稲氷命）、次にミケヌノ命（御毛沼命）、次にワケミケヌノ命（若御毛沼命）である。

いずれも天つ神の御子である。このうち末っ子の四男、ワケミケヌノ命は別名をトヨミケヌノ命（豊御毛沼命）、またの別名をカムヤマトイワレビコノ命（神倭伊波礼毘古命）という。

このカムヤマトイワレビコが、のちに諡して神武天皇となる。

それはさておき、四人の男神のうち、ミケヌは海の彼方、はるか遠隔の地にある常世国へ渡っていった。イナヒは実母タマヨリビメの国を訪ねて海原の奥へと旅立った。

そこで長男のイツセと四男のカムヤマトイワレビコの二人が、日向国（宮崎県）の高千穂の宮で国を治めた。

ある日のこと――。

二人はこんな相談をしていた。

「日向国は、端っこにありすぎる。どこの土地に住めば、天下を安らかに治めることができるだろうか」

その結果、もっと東のほうへ行ってみようということになった。

そこでカムヤマトイワレビコの一行は、日向国から筑前・筑後など九州の北半分にあたる筑紫へ向かって船出した。九州の東海岸を北上したのである。

その途中、豊国の宇沙（大分県宇佐市）という土地に到着すると、この地に住むウサツヒコ（宇沙都比古）・ウサツヒメ（宇沙都比売）という兄妹は宮殿までつくって一行を歓待した。

それから一行は岡田の宮（福岡県遠賀郡）に一年、多祁理の宮（広島県安芸郡）に七年、吉備の高島の宮（岡山市南区宮浦）に八年、それぞれに居を構えて滞在した。すでに日向を出てから十六年以上はたっている。

そこから船に乗ってさらに東へと上っていった。途中、潮の流れが早い速吸門（明石海峡）を渡るとき、亀の甲に乗って鳥が羽ばたくように体をゆすりながら魚釣りをしている人に出会った。

（はて……）

と、カムヤマトイワレビコは不思議に思って誰何（すいか）した。

「お前は誰か」

すると、その人はこう答えた。

「この土地の神で、ウヅビコ（宇豆毘古）だ」

国つ神（くにつかみ）であった。

「ならば、お前は」

海の道を知っているか——。

そう聞くと、よく知っている、案内すると答えた。

渡りに船だと、ウヅビコに棹（さお）を差し出して、船の中に引き入れた。

こうして水先案内をつとめることになったウヅビコに、サオネツヒコ（槁根津日子）という名を与えた。

やがて一行の船は、波の荒い波速渡（なみはやのわたり）（大阪湾沿岸）を過ぎて、波の静かな河内（かわち）の白肩（しらかた）の津（東大阪市日下（くさか）町の港）に停泊した。ここは淀川支流の川べりである。

ここにはしかし、登美（とみ）（奈良市）の生駒（いこま）山を支配する豪族・ナガスネビコ（那賀須

泥毘古）の軍勢が待ち伏せていた。ナガスネビコは名前の通り長い脛（すね）を持っている。

　両軍は激しい攻防戦を繰り広げる。

　カムヤマトイワレビコは船から楯（たて）を取り出して奮戦した。それで、ここを楯津（たてつ）と名づけるが、その後、日下（くさか）の蓼津（たでつ）と呼ばれるようになった。

　この戦いの最中、兄のイツセは敵の矢を手に受けて深傷（ふかで）を負い、つくづくこう言う。

「ああ、私は日の神（アマテラス大御神（おおみかみ））の御子（みこ）なのだ。それなのに太陽の方角に向かって戦ってしまった。いいはずがない。だから賤（いや）しい者の放った矢を受け、痛手を受けてしまった。向きを変え、太陽を背に負う陣形にして戦おう」

　こうして南へまわり、大坂から紀伊へいたる海に出ると、イツセは血にまみれた手を洗って清めた。イツセの傷は深かったので、そこは真っ赤に染まった。それで、この周辺は血沼海（ちぬのうみ）と呼ばれるようになった。

　そこから一行は、紀国（きのくに）の男之水門（おのみなと）（紀ノ川の河口）まできた。そのときである。勇猛な兄のイツセが突然、

「賤しいものに傷を負わされたせいで、私は死ななければならないのかッ」

　と憤り、「おお――ッ」という雄たけびの声をあげると、息を引き取ってしまった。

天つ神の御子であるカムヤマトイワレビコは行く先々で出会う相手に声をかけながら東へと進んでいきますが、相手が素直に答えた場合は恭順の意を示したことになり、その土地の神々、国つ神たちを平定、帰順させたことになります。

＊

◆三本足の八咫烏

カムヤマトイワレビコノ命は兄の死の悲しみを抑えながら、軍隊（戦闘集団久米部）を引き連れて、進路を迂回してとって熊野の村に入った。

すると、一行の前に大熊が姿を現わし、立ちはだかった。けれども、大熊はたちまち藪の中に消え失せた。

（な、なん、なんだ、今のは……）

そう、カムヤマトイワレビコは呟いたが、すーっと引き込まれるように意識が遠のいていくのがわかった。一行の兵士の面々も皆、気を失って死んだように倒れ込んだ。

大熊は、熊野の山中に住む荒ぶる神の化身であった。その荒々しい霊力に、一行は

まんまとしてやられたのである。

けれどもこのとき、熊野のタカクラジ（高倉下）という名の者が駆けつけてきて、カムヤマトイワレビコに一振り（ひとふ）の剣を差し出した。するとたちまちカムヤマトイワレビコは意識を取り戻し、

（ああ長く眠ってしまった……）

そう呟き（つぶや）ながら、剣を受け取った。

（うむ、これは……）

見事な剣である――。

そう思った途端、一行の兵士たちも目を覚ました。剣の威力が、荒ぶる神の霊力を打ち負かしたのである。

その威力に驚いたカムヤマトイワレビコは、タカクラジに尋ね（たず）た。

「この剣を、どこで手に入れたのか」

タカクラジが言うには、こうである。

「私は夢を見ました。アマテラス大御神（おおみかみ）（天照大御神）とタカミムスヒノ神（高御産巣日神）が、タケミカヅチノオノ神（建御雷之男神）を呼び出し、こう言っていました。葦原の中つ国が何やら騒がしく、乱れているらしい。私の御子たちが困っている。あそこはそなたが平定、帰順させた国である。だから今度も、そなたが降りていって何とかしてくるがいい、と」

「それで、なんとした」

「はい。タケミカヅチノオノ神は、こう、ご返事をなされました。私がわざわざ出向かなくても、国つ神を帰順させたときに使った剣がありますので、それを熊野に降ろしてやりましょう。そこにタカクラジという者がおりますので、その者の倉の屋根に穴をあけて、そこから剣を落としましょう。タカクラジには、朝、目を覚ましたら、その剣を持ってカムヤマトイワレビコノ命に差し出すよう伝えておきます」

ということで、私が朝、目を覚ましてみますと、夢の中の話通り、倉の中に剣があったので、持参いたした次第でございます――。

そう言い終えてタカクラジはかしこまった。

カムヤマトイワレビコは深く頷いて、剣の威力、霊験があらたかなことに納得した。剣の名はサシフツノ神（佐士布都神）、別名をミカフツノ神（甕布都神）、またフツノ御魂（布都御魂）と言う。この剣は石上の神宮にある。

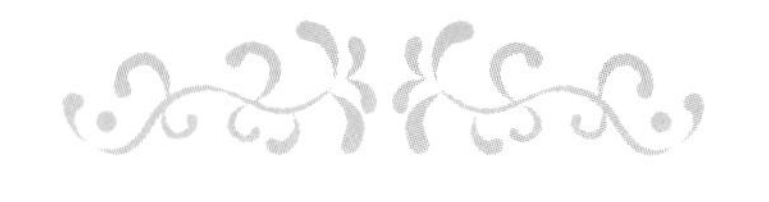

さらにタカクラジによると、タカミムスヒノ神からカムヤマトイワレビコに、こんな命令があったという。

「カムヤマトイワレビコノ命よ、これより奥地に入ってはいけない。荒々しい邪神どもがはびこっている。今、天から八咫烏を送り届けてやろう。それに従って道をとるがいい、と」

（なんと、烏が遣わされてくるのか……）

そう思う間もなく、天空から一羽の烏が舞い降りてきた。

（むむ……ッ）

それは三本足の烏であった。

この三本足の烏に先導されて、一行は東征の旅を続けることになる。

◆巧妙な罠

カムヤマトイワレビコノ命の一行は、やがて吉野川の川下に着いた。そこに、割り

竹を編んでつくった筒を川の流れの中に入れて魚をとっている人がいた。

そこで天つ神の御子であるカムヤマトイワレビコは、

「お前は誰だ」

と尋ねた。すると男はこう答えた。

「私はこの土地の神で、名はニエモツノコ（贄持之子）です」

この国つ神は、阿陀（奈良県五条市付近）の鵜飼の先祖である。さらに進んでいくと、尻のあたりに尾のついた獣皮を垂らした者が、ピカピカ光る井戸（泉）の中から現われた。樵のようである。その者は「イヒカ（井氷鹿）」という土地の神だと名乗った。これは吉野の首（族長）などの先祖である。

それから山の中へ踏み入ったが、そこでまた尻尾のある者に出会った。この者は腕力を誇示するかのように大きな岩を押し分けて出てきた。

誰かと聞くと、イハオシワクノコ（石押分之子）だと名乗り、天つ神の御子を出迎えにきたという。これは吉野の国巣（土着民）の先祖である。

そこからさらに山坂を進み、道なき道を踏み越えて、宇陀（奈良県宇陀郡）にいたった。

　この宇陀の地には、エウカシ（兄宇迦斯）・オトウカシ（弟宇迦斯）という兄弟がいる。

　この兄弟にはあらかじめ八咫烏を使いに出し、天つ神の御子に仕えるかどうか、尋ねさせた。すると、

「なんだと、お前たちに従えというのか」

　エウカシの態度は横柄で反抗的であった。鏑矢を放って八咫烏を脅かし、追い返した。その上、東上してくるカムヤマトイワレビコの軍隊を迎撃しようと、兵士を駆り集めようとした。けれども、兵士が思う通りに集まらなかった。

　かくなる上はと、エウカシは深謀をめぐらす——。

　カムヤマトイワレビコを招いて歓待することにし、大きな御殿をつくってこう申し送った。

「あのときは失礼なことをいたしました。やはり天つ神の御子にお仕えいたします。ついては歓迎の宴を」

　いっぽうで御殿の板の間に、踏めばバネの力で人を圧殺する巧妙な罠をしかけた。

すっかり準備は整った。

けれども兄の企みを弟のオトウカシが知り、すぐさまカムヤマトイワレビコの陣に走って、すべてを打ち明けた。

そこでカムヤマトイワレビコの二人の重臣、ミチノオミノ命（道臣命）とオオクメノ命（大久米命）が、エウカシを呼び出してこう迫った。

「お前が先に御殿に入って、どうお仕えするのか、やってみろ」

（むむ……）

臆するエウカシを、一人は腰の刀の柄を握っていつでも抜ける構えで、もう一人は矛を向けて、御殿の中へ追い入れた。

こうしてエウカシは自分のつくった罠にはまって命を落とした。その死体は引き出され、斬り刻まれた。それで、この地を宇陀の血原というのである。

大和国の橿原の宮

エウカシを討ち取ったカムヤマトイワレビコノ命は、オトウカシの用意した酒宴で兵士たちをねぎらった。このオトウカシは宇陀の水取（宮中の飲料水を管掌する部民）の先祖である。

次に、カムヤマトイワレビコの一行は忍坂の大室（奈良県桜井市泊瀬渓谷あたり）へいたった。ここには土着民の一族で、土雲ヤソタケル（八十建）という名の、多数の勇猛な土着の者たちが、その住居である大きい穴の中に潜んでうなり声をあげながら待ち構えていた。

そこでカムヤマトイワレビコは一計を案ずる。土雲ヤソタケルをもてなすことにして、ただちに彼らの人数に見合うだけの大勢の料理人を集めた。そして、その料理人一人一人に剣を隠し持たせ、膳部の係として土雲の一人一人につけた。その上で、宴の最中にカムヤマトイワレビコが歌を歌う趣向にし、こう命じた。

「私の歌を聞いたなら、一緒に立って土雲どもを斬れ」

その歌はこんな内容の歌である。

忍坂の大室に多くの者が住んでいる。どんなにたくさん住んでいても、武勇に秀でた久米の兵士が、切れ味鋭い頭椎の大刀、石椎の大刀を引き抜いて撃ってしまうぞ。

そら、今撃つがいい――。

こうしてかねてからの打ち合わせどおり、大勢の土雲をことごとく切り倒した。

このの ち、カムヤマトイワレビコはさらに道を進めて、兄のイッセノ命の戦死の原因になったトミビコ（登美毘古＝登美のナガスネビコ）も討った。またエシキ（兄師木）・オトシキ（弟師木）の兄弟も討った。

このようにカムヤマトイワレビコは軍隊を引き連れて各地を転戦し、逆らう賊を平定、帰順させ、服従しない者を追い払った。

苦戦に耐えて、カムヤマトイワレビコはついに大和（奈良県）の畝傍（橿原市の中心）にたどりつき、橿原の宮において天下を治めることになった。のちになって神武天皇と呼ばれる。

＊

頭椎（くぶつつ、とも）の大刀とは、柄頭が槌の形をしていて、そこに金銀でつくった塊のような金具をつけた大刀のこと。石椎の大刀とは、柄頭が石でできた剣のこと。また槌の形をした石器の武器ともいわれます。

妻選び

大和国に落ち着いたカムヤマトイワレビコノ命はお后を求めることにした。

じつはカムヤマトイワレビコは、まだ日向国の高千穂の宮にあって国を治めていた頃、アヒラヒメ（阿比良比売）を娶って妻とし、タギシミミノ命（多芸志美美命）とキスミミノ命（岐須美美命）という二人の子どもを得ている。

けれどもその妻子は東征にあたって高千穂の宮に置いてきているので、新しいお后が必要だった。

重臣のオオクメノ命（大久米命）によれば、この大和の地には神の御子と伝えられるヒメタタライスケヨリヒメ（比売多多良伊須気余理比売）という娘がいる。

（神の御子だと……）

そんな顔を、カムヤマトイワレビコはしたのだろう、オオクメは事情を語った。それによれば——。

三島のミゾクイ（湟咋）の娘に、とても顔かたちが美しいセヤダタラヒメ（勢夜陀多良比売）がいた。その娘を、三輪山（みわやま）のオオモノヌシノ神（大物主神）が見初めて恋い慕った。

オオモノヌシは、

（この思い、どうしたものか……）

思案したあげく、自分の身を朱塗り（しゅぬ）りの矢に変えた。そしてセヤダタラヒメが、川の流れの上に建てられた厠（かわや）（便所）へ入って大便をするとき、その川を矢となったオオモノヌシが一気に流れ下り、彼女の入っている厠の下までくると、その隠しどころ、成り成りて成り合わぬところ、すなわちホト（女陰）を突き上げた。

きゃあッ――。

セヤダタラヒメは驚きあわてて、うろうろして大騒ぎになった。けれども、

（きれいな矢だこと……）

彼女は自分のホトを突いた朱塗りの矢を手に取ると寝所に持ち帰り、枕辺に置いた。

すると、

（まあ……）

その矢はたちまち見目麗しい男、オオモノヌシノ神の姿に変わった。二人はすぐに睦み合った。

こうして生まれた神の御子は、ホトタタライススキヒメ（富登多多良伊須須岐比売）と名づけられた。けれども今は、ホト（女陰）という言葉を嫌って、ヒメタタライスケヨリヒメと改めているという。

このイスケヨリヒメを、お后にしてはどうかと、オオクメはカムヤマトイワレビコに進言したのである。

初めての夜

お后候補に、神の御子であるイスケヨリヒメを勧めて数日たったある日のこと――。

オオクメノ命は、高佐士野（現在の大神神社近く）で、あでやかななりで野遊びをしている七人の娘たちの中に、イスケヨリヒメがいるのを見つけた。

そこでオオクメは一緒に歩いていたカムヤマトイワレビコノ命に、こんな内容の歌を詠んで知らせた。

大和国の高佐士野を七人の娘たちが歩いていく。誰をお選びになりますか――。

カムヤマトイワレビコは娘たちの様子を眺めて、こんな内容の歌で答えた。

はっきりと誰というのも難しい。まあ、あの先頭に立っている年長の娘と枕を交わそうか――。

七人の先頭にいるのはイスケヨリヒメであった。さっそくオオクメはその娘のところへ行って、カムヤマトイワレビコの気持ちを伝えた。するとイスケヨリヒメは、

（この人って……）

何か怪しい、とばかりにオオクメをじっと見つめた。若い娘にはろくでなしも寄ってくると教えられていたのかもしれない。

しかもオオクメは武勇を誇る軍事集団の一員で、目じりに入れ墨をほどこしていた。その裂けたような鋭い目で、イスケヨリヒメを睨(にら)んでいた。そのため彼女は不思議に

思って、こんな内容の歌を詠んだ。

あま鳥・つつ（鶺鴒）・千鳥・しとど（ホオジロ・アオジなどの総称）のように、どうしてあなたは目じりに墨など入れて、鋭い目をしているのですか――。

するとオオクメは、やはり歌でこう答えた。

可愛い乙女をじかに見つけようと思い、入れ墨をしてこんなに目を鋭くして探しています――。

（そういうことなの……）

納得したのだろう。イスケヨリヒメはカムヤマトイワレビコに仕えることを承諾した。

イスケヨリヒメの家は、三輪山から流れ出る狭井川の上流にある。カムヤマトイワレビコはそこへ足を運んで、イスケヨリヒメと一夜を共にした。

その後、イスケヨリヒメが皇后として宮中に参上したとき、カムヤマトイワレビコは、彼女との初めての夜を思い出し、こんな内容の歌を詠(よ)んだ。

見渡すかぎり葦(あし)の繁った狭井川(さいがわ)べりの家の中に、菅(すげ)を編んだ敷物を清らかに敷いて、二人で寝たよなあ――。

こうして初夜にも勝る激しい愛し合いを繰り返したのだろう。イスケヨリヒメは三人の男神、ヒコヤイノ命(みこと)（日子八井命）・カムヤイミミノ命(みこと)（神八井耳命）・カムヌナカワミミノ命(みこと)（神沼河耳命）を生んだ。

カムヤマトイワレビコノ命(みこと)（神武(じんむ)天皇）は百三十七歳で没した。

◆義父の殺害

すでに述べたようにカムヤマトイワレビコノ命(みこと)には、日向国(ひゅうがのくに)の高千穂(たかちほ)の宮(みや)にいる頃に妻としていたアヒラヒメの生んだ子、タギシミミノ命(みこと)がいる。

そのタギシミミは、父であるカムヤマトイワレビコが亡くなると、残された義母のイスケヨリヒメと契りを結んでしまう。その上、皇位を受け継ごうと欲し、三人の異母弟、すなわちイスケヨリヒメの生んだ子の暗殺をくわだてる。

それを察知したイスケヨリヒメは心を痛めた。当然である。自分を妻にした男が、過去に自分が生んだ子、それも男とは異母兄弟である三人を殺害しようとしているのだから。

夫の企みを、妻のイスケヨリヒメは息子たちに知らせようと歌――、山の辺に嵐が来ようとしているという内容の歌を、二首、詠んだ。

母の詠んだ歌に、息子たちはすばやく反応した。

（これは……きっと）

義父であり異母兄でもあるタギシミミが、皇位を得ようとして暴威を振るうという秘密の知らせに違いない――。

ならばと、異母弟たちは先手を打つことにした。すなわち隙を狙ってタギシミミを襲い、殺害することにしたのである。

そこで用意万端怠りなく整えると、三男（カムヌナカワミミ）は二男（カムヤイミ

ミ）にこう言う。
「さあ兄さん、武器を持って中へ押し入り、タギシミミを殺ってください」

けれども二男は怖気づいたのか、武器を手にしたものの体が震えてしまって、とても成し遂げられそうにない。事ここにいたって一刻も猶予すべきときではなかった。

「兄さん、貸してッ」

と言うかのように、三男は二男が手にしている武器を取り上げると中へ押し入り、その武器で義父のタギシミミを殺害した。

それ以来、三男のカムヌナカワミミ（神沼河耳）の勇気が讃えられ、カム（神）をタケ（建）に替え、タケヌナカワミミ（建沼河耳）と呼ぶようになった。「建」には、たくましい・猛々しい、という意味がある。例のタケミカヅチノオノ神（建御雷之男神）のタケと同じである。


その後、二男のカムヤイミミは弟のタケヌナカワミミにこんなことを言う。

「私は敵であるタギシミミを討つことができなかった。お前のほうが、勇気がある。これでは私はお前の上に立てない。だからお前が父のあとを継いで、天下を治めるのがよい。私は神事をつかさどる忌人（神を祀る人）となって、お前に仕えよう」

　こうしてタケヌナカワミミが父・カムヤマトイワレビコ（神倭伊波礼毘古＝神武天皇）のあとを継いで、第二代綏靖天皇となったのである。

*

　カムヤマトイワレビコというのは和風諡号で、神武というのは漢風諡号。諡号というのは生前の行ないを讃え、死後に贈る称号で、諡ともいいます。

　ところで神武天皇は初代ということもあってエピソードが豊富ですが、第二代綏靖天皇から第九代開化天皇までは、これといったエピソードがありません。もっぱら「帝紀」、すなわち誰と契りを結び、どういう子どもをつくったかという天皇の系譜の記述なのです。よって本書ではこの部分を省いて、次に第十代崇神天皇の世の中に進みますが、その間の天皇の名と享年を、ここにあげておきます。

　第二代綏靖天皇（享年四十五）・第三代安寧天皇（享年四十九）・第四代懿徳天皇（享年四十五）・第五代孝昭天皇（享年九十三）・第六代孝安天皇（享年百二十三）・第七代孝霊天皇（享年百六）・第八代孝元天皇（享年五十七）・第九代開化天皇（享年六十三）となります。

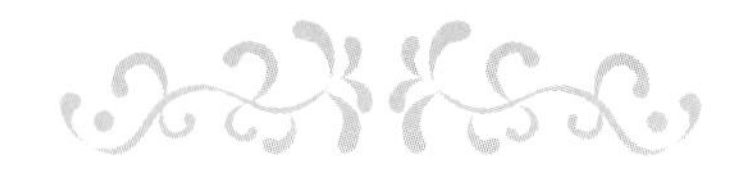

2 十代崇神天皇と十一代垂仁天皇の世の中

◇伝染病の流行

　のちに第十代の崇神天皇と呼ばれることになるミマキイリヒコイニヱノ命（御真木入日子印恵命）は、師木（奈良県磯城郡）の水垣の宮で天下を治めていた。

　あるとき、疫病（伝染病）が大流行した。人々は次々と倒れ、死者は国中にあふれた。このまま放っておけば、人はみな死に絶えそうであった。

　天つ神の御子である天皇は悲嘆にくれて、神床（神意をうかがうための寝床）に寝んだところ、その夜、国つ神であるオオモノヌシノ神（大物主神）が夢に現われる。

（はて、これは……）

　いぶかる天皇にオオモノヌシはこう言う。

「疫病の流行は私の仕業によるもの。しかし、オオタタネコ（意富多多泥古）という人を探し出し、その人に私を祀らせれば、祟りは収まり、国は安らかになるだろう」

神託であった。

天皇はただちに翌朝、四方に急使を遣わし、その人物を探させたところ、河内国の美努村（大阪府八尾市）に、オオタタネコという人がいることがわかった。

さっそくオオタタネコは朝廷に差し出された。

「そなたは、誰の子か」

天皇がみずから尋ねると、オオタタネコはこう答えた。

「オオモノヌシノ神がイクタマヨリビメ（活玉依毘売）を妻として生まれた子、クシミカタノ命（櫛御方命）の子のイイカタスミノ命（飯肩巣見命）の、そのまた子のタケミカヅチノ命（建甕槌命）の子が、私オオタタネコなのです」

これを聞いて天皇はとても喜んだ。オオタタネコが神の子孫だとわかったからだ。

ただちに天皇はオオタタネコを神主として、オオモノヌシノ神を三輪山（奈良県桜井市）に祀った。

その結果、疫病の流行もおさまり、天下は穏やかになったのである。

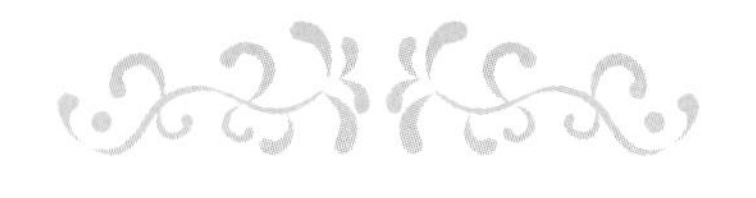

◇神と契(ちぎ)るイクタマヨリビメ

オオタタネコという者が神の子孫だとわかったのには、オオモノヌシノ神とイクタマヨリビメが契(ちぎ)りを結ぶにいたった次のような経緯があったからだ。

イクタマヨリビメは容姿の美しい娘だった。ある日の深夜、イクタマヨリビメの部屋へ一人の男が入ってきた。その姿といい、装いといい、威儀といい、とても立派であった。

(いったい、この方はどなたかしら……)

そう、イクタマヨリビメが思ったのは、すでにやさしく男に抱かれているときであった。

それから毎晩、男は訪ねてきた。そのうち彼女は身ごもった。

両親が気づかないわけはない。孕(はら)み女に見える娘を変だと思い、こう問いただした。

「お前は夫もいないのに、どういうわけで身ごもったのか」

娘はありのままに答えた。

「実は、お名前も知らない立派なお方が、夜ごと通ってきて、契りを結んでいるうち、身ごもってしまいました」

（なんだって……毎晩、まぐわいをしていたというのか）

そんな馬鹿なことがあるのかと、両親は思った。家の者に気づかれずに娘の部屋に入れるはずがないからだ。

そこで両親は男の素性を探ろうと、娘にこう言い聞かせた。

「お前の寝床のまわりに赤土を散らしておきなさい。それから糸巻きに巻いた麻糸を針に通しておき、男が訪ねてきたら、その着物の裾（すそ）に、そっと刺しておきなさい」

教えられた通りにして、朝になって確かめてみると――。

糸巻きに残っていた麻糸はわずか三輪（みわ）だけで、針につけた麻糸は戸口の鍵穴から外へ脱け出ていた。その糸を追っていくと、オオモノヌシノ神を祀（まつ）る山の神社へたどり着いた。

（なんと、娘を訪ねてきていたのはオオモノヌシノ神であったのか……）

ならば、気づけるはずもない……生まれてくる子は神の子だ――。

こうしてオオタタネコが神の子孫であることがわかったのである。

崇神天皇は、次に諸国の平定を始めるのだが、ある戦場では屎が出て褌にかかったので、その土地を屎褌、それが今の久須婆だとか、死体が鵜のように浮いたので鵜河、あるいは二人の将軍が会ったので会津、といった地名縁起が多く記されている。あとは有力部族の祖先の出所とか、誰と誰が契りを結んで誰が生まれたかなどの記述があるが、本筋とかかわりが少ないので割愛した。

崇神天皇は百六十八歳の高齢で没した。

*

ここに登場したタケミカヅチノ命は、前出のタケミカヅチノ神（建御雷神）とは別神といわれます。また、オオモノヌシはもともとオオクニヌシと同様に出雲系の神（国つ神）で、蛇神として信仰された大和の有力な神です。その祟りをおそれ、崇神天皇はその神の子孫を丁重に祀ったといわれます。

ちなみに崇神天皇は、『古事記』には「初国知らしし御真木天皇」とも記されています。すなわち崇神天皇を第一代の天皇と伝えており、これは『日本書紀』でも同じです。

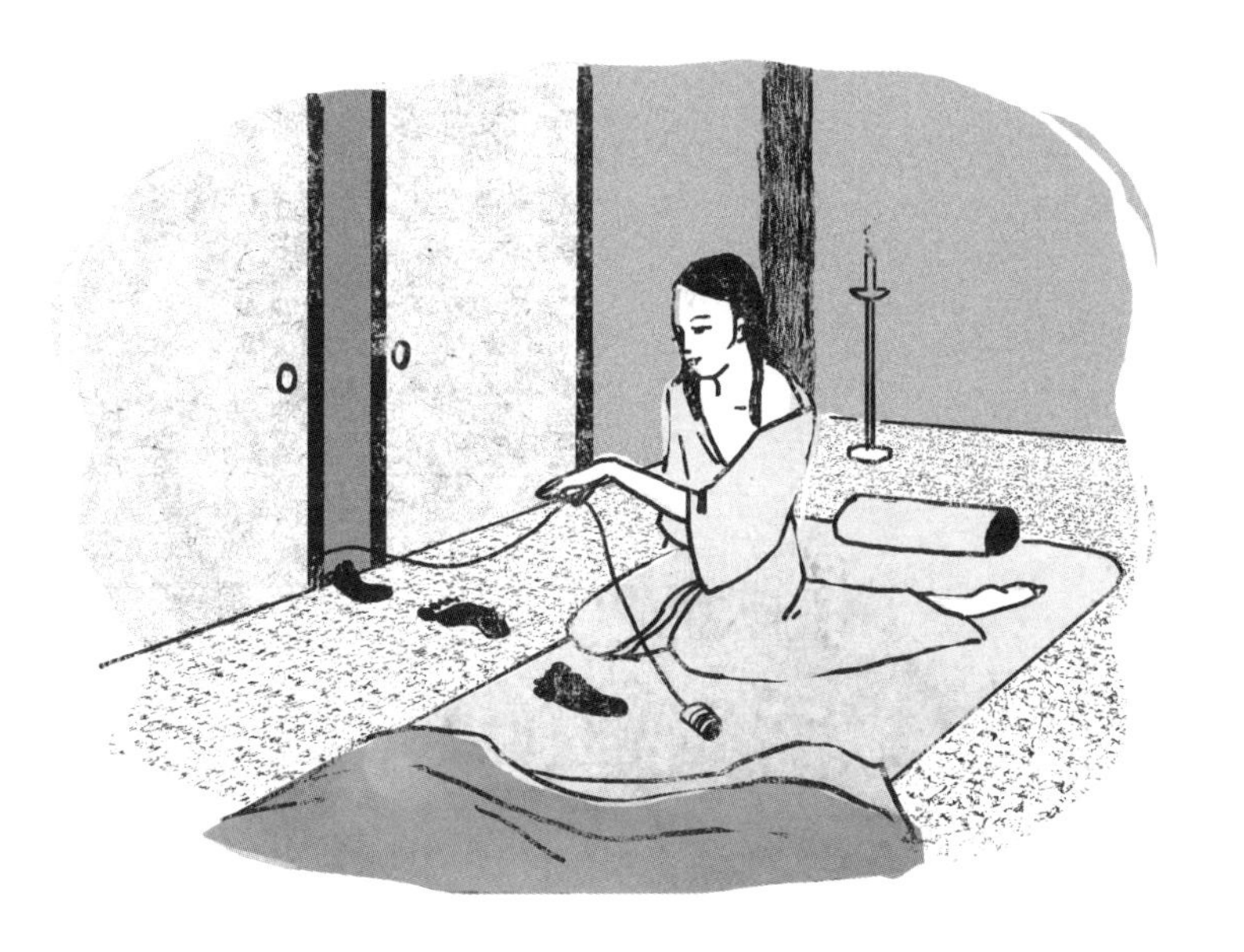

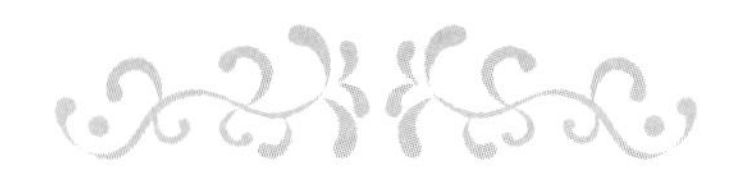

◇天皇暗殺計画

第十一代の垂仁天皇は、崇神天皇の子・イクメイリビコイサチノ命（伊久米伊理毘古伊佐知命）である。

その垂仁天皇が、師木（奈良県磯城郡）の玉垣の宮で天下を治めていた頃——。

天皇はサホビコノ命（沙本毘古命）の妹であるサホビメノ命（沙本毘売命または佐波遅比売命＝サハヂヒメノ命）を妻とし、寵愛していた。

あるとき、兄のサホビコは妹のサホビメに意外なことを聞いた。

「お前は、夫である天皇と兄であるこの私と、どちらをいとおしく思うか」

（え……ッ）

サホビメは驚いた。そんなことを兄に尋ねられるなど、思いもよらなかったからだ。

咄嗟にサホビメはこう答えた。

「兄上を、いとおしく思います」

その答えを聞いて兄はじっと妹の顔を見据え、満足げに頷いた。

それからサホビコは、かねて立てていた謀反を起こす計画を打ち明け、

「本当に私をいとおしいと思うならば、お前と二人で天下を取ろう」

そう言った。それから、刀をつぶしていくども鍛えて染紐のついた短刀をつくった。

その短刀をある日、サホビメに手渡してこう言った。

「この短刀で、天皇の眠っている隙を見て刺し殺せ」

天皇暗殺を妹に命じたのである。


その日——。

陰謀があることなど知る由もない天皇は、いつものようにサホビメの膝を枕に寝んでいた。その寝顔を見下ろしながらサホビメは、

（刺すなら、今……）

と、思う。けれども短刀を胸元から抜き出せない。ようやく抜き出して、天皇の首を目がけ刺そうと振り上げる。

が、振り下ろせない。三度も試したが、つらくてつらくて刺せなかった。サホビメはついに大粒の涙をいくつもこぼしていた。

（あっ……）

頬からこぼれたその涙が、天皇の寝顔に落ちて流れた。

（うん……）

驚いたように目を覚ました天皇は、サホビメを見つめながら真顔でこう言った。

「今、私は不思議な夢を見た。沙本（奈良市佐保台あたり）のほうからにわか雨が降ってきて、急に私の顔を濡らした。気づくと、錦のような文様のある小蛇が首に巻きついている。こういう夢はいったい、何のしるしなのだろうか」

（……）

しばしの沈黙のあと、サホビメはもう隠し切れないと思い、兄の謀反に加担したことを打ち明けた。そして三度も染紐つきの短刀を振り上げたが、悲しい思いに耐えられず刺すことができず、泣いてしまった涙が天皇の寝顔にこぼれ落ちたのだと、泣く泣く答えた。

すると天皇は跳ね起き、自分はあやうく騙し討ちに遭うところだったのかと叫んだ。

そしてただちに召集をかけ、サホビコ討伐の軍を起こした。

◇身ごもっていたサホビメ

いっぽう謀反が露見したことを知ってサホビコノ命はただちに稲城をつくり、軍をそろえて迎撃の構えを整えた。稲城とは、稲穂を家の周囲に積み立てて城（砦）のようにして、敵の矢や石を防ぐ防壁としたもの。

のっぴきならない事態に陥ってしまい、サホビメノ命は複雑な気持ちになった。夫のもとにとどまるべきか、兄のもとへ身を退くべきか――。

迷い抜いたあげく、兄を慕う気持ちを心の内にとどめることができず、こっそり宮殿の裏門から逃げ出して稲城の中に身を隠した。すでに三年間も天皇の妻として寵愛されていたサホビメは、このとき身ごもっていた。

やがて稲城は討伐軍に囲まれて火をかけられ、攻め入られるのは時間の問題であった。けれども天皇はサホビメの懐妊と三年に及ぶ寵愛を思い、なかなか攻められない。戦いは停滞した。

そんな中、とうとうサホビメは男の子を生んだ。

サホビメは意を決し、生まれた子を抱えて稲城の外に出ていくと、天皇にこう呼びかけた。

「ご自分の御子とお考えになりますならば、どうか私の罪をお許しになって、この子を引き取ってお育てくださいな」

天皇は謀反人のサホビコをこの上もなく憎んでいたが、その兄のもとへ走ったサホビメへの未練は強くあった。今もなお、不憫に思う気持ちを捨て去ることができず、ねんごろ切ることなどできない。こう言った。

「そなたをいとしく思う心には堪えがたいものがある」

天皇は、この機会にサホビメを取り戻そうと考える。兵士の中から力の強い、かつ敏捷な者を選抜して、こう命じる。

「あの御子を引き取るときに、その母君も一緒に奪い取りなさい。髪だろうと腕だろうと手荒につかんででも、引き出しなさい」

いっぽう天皇のやさしさを知っているサホビメは、

（御子と一緒に私を連れ戻そうとするだろう）

と、見通していた。けれども自分は兄とともに果てる覚悟を決めている。

　だからサホビメは御子を抱えて稲城の外へ出るとき、髪をそり落とし、その髪で頭をおおい、腕には手首飾りの玉の緒を腐らせたものを三重に巻きつけ、衣服は酒で腐らせたものを着込んだのだった。

◆兄妹の死

　ついに垂仁天皇の手勢が御子を引き取りにやってきた。果たして、引き取ると同時に母親のサホビメノ命にも手を伸ばした。けれども、

（うん……）

　髪をつかめば、それは自然に落ちてしまい、腕をつかめば、玉の緒がするりと抜け、衣服を鷲づかめば、ぼろぼろと破れてしまう。どうしてもサホビメをつかまえることができない。そうこうするうち、サホビメは稲城の中に逃げ込んでしまった。

　それを知って天皇は悔しさと恨めしさのあまり、サホビメのために玉づくりをした者たちを憎んで、その土地を取り上げてしまったほどだ。

　ついに稲城に火がかけられた。その最中、天皇はサホビメに使者を送ってこう呼び

かけた。

「生まれた子の名は母親がつけるものだ。この子の名をなんとしよう」

それを聞いてサホビメは、こう答える。

「今、火が稲城(いなぎ)を焼くときに生まれましたから、ホムチワケノ王(みこ)（本牟智和気王）がよろしいでしょう」

天皇はまた使者を通じて、こう問いかけた。

「そなたがいないのに、どう育てたらいいのだ」

どうしてもお前に戻ってきてほしい。私はお前を愛しているのだ――。

そんな気持ちを伝えたかったのだろう。けれどもサホビメはあっさりこう答える。

「乳母をつけてくださいな」

するとまた、天皇は使者を出してこんなことを尋ねた。

「お前が私のもとに帰ってこないのならば、お前が結び固めた私の衣の下紐(したひも)は、誰がほどいたらよいのだろうか」

するとサホビメは、こう教えた。

「丹波(たんば)に住むタニワヒコタタスミチノウシノ王(みこ)（旦波比古多多須美智宇斯王）に、エヒメ（兄比売）・オトヒメ（弟比売）という二人の娘がおります。この二人を召し入れてお使いください」

　このあと、ついに討伐軍が攻め入って、サホビコは討ち取られた。サホビメは稲城を焼く炎の中に身を投じ、自害した。

＊

　ホムチワケの「ホ」は、稲穂の「穂」を表わしているといわれます。稲穂を積み上げた稲城を焼くのは収穫儀礼の行事です。その焼かれた稲穂の下から、新たな命として穀物が生まれ育ちます。それにたとえて、焼かれる稲城の中で生まれた御子(みこ)をホムチワケと命名したようです。

「妻問い婚」が行なわれていたこの頃は、子は母方で養育していましたので、子の名も母親が命名しました。

　また、夫婦は互いの衣の下紐(したひも)を結び固め、次に会って夜の営みをするときまで決してほどかない約束をしました。つまり夜の営みをする相手がいなくなった天皇は、サホビメにその相手を探してもらったというわけです。

◆物言わぬ御子(みこ)

垂仁(すいにん)天皇に寵愛(ちょうあい)されてサホビメノ命(みこと)が生んだ御子、ホムチワケノ王(みこ)は、天皇にとても可愛がられて育った。天皇は御子の気に入るように振る舞い、片時も手元から離さなかった。

けれどもホムチワケは髪が胸元に垂れるほど成育しても、口をきかなかった。

あるとき、空を鳴き渡って行く鵠(くぐい)(白鳥の古名)の声を聞いて初めて片言を呟(つぶや)いた。

そこで天皇は、その鳥をホムチワケのそばに置けば、もっと声を出すようになるかもしれないと考え、この鳥を捕らえるよう家臣に命じた。

家臣は鳥の飛んでいったあとをはるばると尋(たず)ね歩き、ようやく罠(わな)を仕掛けて捕らえると、都に上(のぼ)って献上した。

けれどもホムチワケは、その鳥を見ても望み通り口をきくことはなかった。

そのため天皇の心痛はいやますばかりであった。

ある夜、天皇の夢の中に神が現われ、こう告げた。

「私を祀(まつ)っている神殿を天皇と同じくらい立派な神殿に修理するなら、御子の口がきけるようになるだろう」

このお告げを聞いた天皇は、御子の口がきけないのは祟(たた)りによるものだと知って、

（はて……）

どの神のお心であるのだろうか——。

そう思い、牡鹿(おじか)の肩骨を焼いてその割れ目の形で神意をうかがう太占(ふとまに)を行なった。

すると、この祟りは出雲(いずも)の大神(おおかみ)のお心から出ていることがわかった。

そこで天皇はお告げの通りにすると、ようやくホムチワケは口がきけるようになった。ホムチワケはしかし、垂仁(すいにん)天皇のあとを継げなかった。

あとを継いだのは、後述するようにホムチワケの乳母として召し出された娘が、天皇との間にもうけた男子であった。

◇悲しい地名縁起

垂仁天皇はサホビメノ命に教えられた通り、ホムチワケノ王を育てるべく二人の乳母を召し出すことにした。

けれども丹波にいるというタニワヒコタタスミチノウシノ王には四人の娘がいた。ヒバスヒメ（比婆須比売・兄比売）・オトヒメ（弟比売）・ウタゴリヒメ（歌凝比売）・マトノヒメ（円野比売）である。

そこで天皇は四人全員を召し出した。けれども天皇はヒバスヒメとオトヒメの二人を宮中に留めて、あとの二人は故郷の丹波へ送り返してしまった。容姿がひどく醜かったからである。

国元へ返された四女のマトノヒメは、その途中の山城国の相楽にやってくると、

「同じ姉妹の中で、容姿が醜いという理由で返されたのでは、近隣への聞こえも恥ずかしいことです」

そう言って、木の枝にぶら下がって死のうとする。それで、この土地を懸木と名づ

けたが、今は相楽(さがらか)という。

また、同じ山城の弟国(おとくに)（乙訓）にやってきたとき、彼女はとうとう険しい崖に囲まれた淵に堕(お)ちて死んでしまった。それでそこを名づけて堕国(おちくに)と言っていたが、今は弟国（乙訓）というのである。

＊

当時の慣習として、乳母は赤子の養育にたずさわるだけでなく、側妻(そばめ)として主人にも仕えたといわれます。

また娘の数が、二人から四人となったり、エヒメがヒバスヒメとなったりと、人数や名前に異動があるのは、この話が伝説であることを示していると言われます。いずれにしても垂仁(すいにん)天皇は、百五十三歳の高齢で没しました。

3　十二代景行天皇の世の中

◆乙女に目のない天皇

寵愛したサホビメノ命（沙本毘売命）の忘れ形見であるホムチワケノ王（本牟智和気王）の乳母として召し出されたエヒメ（兄比売＝ヒバスヒメ・比婆須比売）だが、彼女が垂仁天皇の衣の下紐をほどいた。そうして生まれた子・オオタラシヒコオシロワケノ命（大帯日子淤斯呂和気命）があとを継いで天下を治め、のちに第十二代景行天皇と呼ばれた。

景行天皇には合わせて十人ほどの妻がいて、八十人以上の御子がいた。

その御子の中で、ワカタラシヒコノ命（若帯日子命）と、オウスノ命（小碓命）、またの名をヤマトオグナノ命（倭男具那命）、それにイホキノイリヒコノ命（五百木之入日子命）の三人は、日嗣の御子、すなわち皇太子の名を持っている異母兄弟である。

ワカタラシヒコは、景行天皇を継いで天下を治め、のちに第十三代成務天皇と呼ばれる。

オウスは東西の荒ぶる神々や、服従しない人々を平定、帰順させ、のちにヤマトタケルノ命（倭建命）と呼ばれるようになる。その経緯はこうだ――。

オウスには同母の兄と弟が、それぞれ二人ずついた。兄はクシツヌワケノ王（櫛角別王）とオオウスノ命（大碓命）、弟はヤマトネコノ命（倭根子命）とカムクシノ王（神櫛王）である。母親はハリマノイナビノ大郎女（針間之伊那毘能大郎女）という。

あるとき景行天皇は、美濃の国造の祖先であるカムオオネノ王（神大根王）の二人の娘、姉のエヒメ（兄比売）と妹のオトヒメ（弟比売）が、とても容姿が整っていて美しい乙女だと耳にする。

（ひと目、見てみたいものだ）

そう思ったのだろう。息子のオオウスを使いに出し、二人の乙女を宮中に差し出す

よう命じた。

けれども現地に向かったオオウスは、

（こ、これはまたなんと……）

美しい乙女なのだろうと、姉妹の美しさに驚き、心を奪われてしまう。そのため勅（ちょく）命（めい）（天皇の命令）を伝えることなく、みずからが乙女らと契（ちぎ）りを結んでしまう。横取りしたのである。

オオウスは、横取りをうまくごまかす必要があった。そこでよく似た姉妹を見つけ出してきて、この娘たちが天皇の求める乙女でありますと、天皇に差し出した。

（むむ、これは……）

ひと目見るなり、天皇は別の娘であることを見抜いた。だから、はべらせはしたものの、つくづくと眺めているだけで契（ちぎ）りを結ぼうとはしなかった。そのため娘たちはいたたまれない気持ちを味わうこととなった。

天皇は、乙女を横取りしたオオウスを処罰できず、不愉快な感情を押し隠していた。

そんなある日のこと――。

オオウスが契りを結んだ乙女の一人、姉のエヒメがオシグロノエヒコノ王（みこ）（押黒之兄日子王）を生んだ。またもう一人の乙女、妹のオトヒメがオシグロノオトヒコノ王（押黒弟日子王）を生んだ。

姉妹に執心したオオウスは欲望の虜になっていたのだろう。朝夕の食膳にも出てこなくなった。ちなみに朝夕の食事を、天皇と同じ席についてとるのは恭順の意を示す重要な作法なのである。

＊

エヒメ・オトヒメというのは娘の名前ではなく、エヒメは年長の姉を、オトヒメは妹を意味する言葉です。

◇クマソ征伐命令

ある日――。

景行天皇はオウスノ命を呼び寄せて、こう言う。

「どういうわけで、お前の兄は、朝夕の食膳に出てこないのか」

ひとつ、お前から教え諭しなさい――。

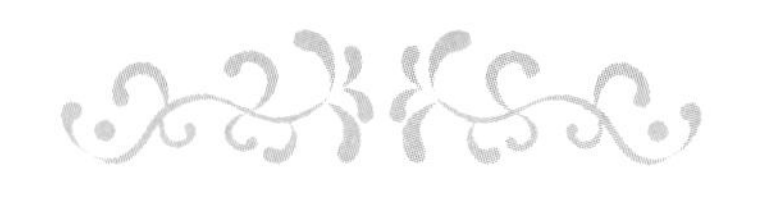

それから五日たっても、オオウスノ命は朝の食膳に顔を出さなかった。機嫌を悪くした天皇は再びオウスを呼んで、こう尋ねた。

「もしやまだ、お前は兄に教え諭していないのではないか」

するとオウスは、こう答えた。

「とっくに教えました」

(なに、それではお前は)

どのように教え諭したというのか——。

そう天皇が訊くと、オウスは平然と言った。

「夜明けに兄さんが厠に入るのを待ち受けて捕まえ、つかんで打ちすえた上、その手足をもぎ取り、薦に包んで裏庭に投げ捨てておきました」

兄のオオウスが食膳に出てこられないわけを、誰もが知っている。それだけに父をあざむいてみずからの思いを遂げた兄を許すことができなかったのだろう。父を敬愛し父に忠実なオウスは、父の無念さを自分が晴らそうと考え、兄を殺したのだろう。そこには父に愛されたいという強い思いがひそんでいたに違いない。

けれども天皇は、

（なんということを……）

その凶暴な取り扱い方に、オウスの荒々しい性格を見て取って、その行く末を恐れ、ただちにこう命じた。

「お前は西のほうにいる朝廷に服従しないクマソタケル（熊曾建＝九州南部の勇猛な人）の兄弟を征伐に行き、かの地を平定してきなさい」

遠征命令である。我が子といえどもオウスは危険な存在と見て、遠ざけたのだ。

オウスはこの頃はまだ、額のところで髪を結っている十五、六歳の少年にすぎない。けれども父から命令を受けると、叔母のヤマトヒメノ命（倭比売命＝景行天皇の妹）の衣裳をもらい受け、短剣を懐に勇躍して出かけていった。

◆女装するオウス

オウスの命がクマソタケルの領地にやってくると、その家の周辺を軍勢が三重に囲んで守っていた。その囲いの中で、新しい室（壁を塗りこめた家屋）をつくっているところであった。もうじきでき上がる新室祝いの準備に、誰もが忙しい様子である。

オウスはその祝宴の日を待つことにした。

その日がやってきた。オウスは自分の髪を、少女のような髪に結い直し、叔母からもらい受けた衣裳を身に着けた。女装したのである。

そうしてオウスは給仕の女たちの中に紛れて新築の室に入り込んだ。

「おっ、かわいい少女がいるぞ」

おい、こっちにこい――。

果たして、クマソタケル兄弟が手招きをした。オウスは二人の間に座らされた。盛んに酒が酌み交わされ、宴は最高潮に達した。

(殺るなら、今だ……)

オウスは右手で懐から短剣を抜き出すと、まず兄のクマソタケルの襟首を左手でつかんで、その胸をひと息に突き刺した。白刃はすーっと抵抗もなく胸を貫いた。

(うむむ……)

兄のクマソタケルは声を上げることもなく、前のめりに倒れた。

これを見て弟のクマソタケルが恐れをなして逃げ出した。ただちにオウスは追った。室の階段の下にまで追っていき、その着物の背をつかんで、尻から白刃を刺し通した。

（ひッ……）

このとき、弟のクマソタケルは喘ぎながらこう言った。

「その刀を動かさないで……ど、どうか、そのままで……息のあるうちに」

私は申し上げたいことがあります――。

（うん……）

この期に及んで何事かとオウスは思ったが、しばし言う通り、尻に刺した短剣を動かさないでいた。すると弟のクマソタケルはこう言った。

「いったい、あなた様はどなた様で……」

おそらく刺されて死を覚悟したものの、自分たちが誰に殺られたのかを聞いておきたかったのだろう。だから刀を動かさないでくれと頼んだようだ。

というのは、短い剣というのは刺しただけでは致命傷になりにくい。筋肉が収縮して出血しにくいからだ。けれどもひねったり、えぐったり、無理に動かして抜くと、出血してたちまち死にいたる。

修羅場を踏んできたクマソタケルは経験上、それを知っていたのだろう。

オウスはクマソタケルの問いに、こう答えた。

「私はオオタラシヒコオシロワケノ天皇（景行天皇）の皇子で、ヤマトオグナという。お前たちが朝廷に服従しないので、討ち取るよう私がここに遣わされてきたのだ」

ヤマトオグナは、オウスの別名である。それを聞いてクマソタケルはこう言う。

「なるほど、よくわかりました。西のほうでは我ら二人を除いて、猛々しく強い者はおりません。けれども大和国には、我らの及びもつかぬ強い者がいらしたのですね。私は、あなた様に新しいお名前を献上いたしましょう。これからのちは、大和に並びもない武勇の人としてヤマトタケルノ御子（倭建御子）と、あなた様を称えましょう……」

クマソタケルが言い終えたと見ると、オウスはその体をよく熟した瓜を裂くかのように斬り裂いた。このときからオウスは、その名が称えられて、ヤマトタケルノ命（倭建命）と言われるのである。

＊

タケルとは、上巻にも出てきたように、猛々しい者、勇者の意です。

騙し討ち

西のクマソタケルを討ち取って、使命を果たしたヤマトタケルノ命は大和へ帰る途中、山の神、河の神、また海峡の神など、逆らう者たちを平定、帰順させた。

出雲国に入ったとき、その首長であるイヅモタケル（出雲建）という者がほしいままに振る舞っていた。そこで征伐することにしたが、

（どう殺るか……）

秘策を練ったヤマトタケルは、まずイヅモタケルと親しく友情を交わすことにした。

いっぽうで、ひそかに偽の大刀を、いちいの木（ブナ科の常緑高木）でつくった。見たところ刀だが、刀身がなく、抜くことができない代物である。

ある日のこと――。

ヤマトタケルは刀身のない大刀を腰に差して、親しくなったイヅモタケルのところへ出向き、髪や体を洗い清めに肥の河（斐伊川）へ行こうと誘った。

この肥の河の上流は、かつて追放されたスサノオノ命が地上へ逃れてきて降り立っ

た鳥髪（とりかみ）（島根県仁多郡の鳥上）で、さらに上流が、クシナダヒメと出会った場所である。

その肥の河へ連れ立って沐浴（もくよく）しにいったヤマトタケルは、先に河から上がった。そしてイヅモタケルの大刀（たち）を取って腰に差すと、にっこり笑ってこう言う。

「大刀を取り替えっこしよう」

「いいとも」

気持ちよく承諾したイヅモタケルは、そのあと河から上がってくると、ヤマトタケルの大刀を腰に差した。それを見てヤマトタケルは、

「いざ、立ち合いを」

そう言った。いいとも、と応じたイヅモタケルは鞘（さや）からすっと刀を抜いて、抜き身を構えるつもりであった。

しかし、

（むむ、こ、これは……ッ）

刀が抜けない。偽物と気づいたときには、すでにヤマトタケルの抜き身がイヅモタケルを打ち殺していた。

このとき、ヤマトタケルはこんな内容の歌を歌った。

イヅモタケルが腰に差した大刀(たち)は、鞘(さや)に葛(つづら)(つる性の植物)をたくさん巻いてあって見かけは豪華だが、中身がない。ああ、おかしい——。

こうして出雲国を平定したヤマトタケルは大和へ帰って、これまでの経過や結末を、父である景行(けいこう)天皇に報告した。

4　悲劇の人・ヤマトタケルの一生

◇ヤマトタケルの東国遠征

景行(けいこう)天皇は、息子のヤマトタケルノ命(みこと)（倭建命）が大和(やまと)へ帰ってくると、その旅の疲れも癒(い)えないうちに、次のような命令を与えた。

「引き続き東方十二カ国の荒ぶる神々や、服従しない者どもを平定し、服従させよ」

ついては吉備(きび)の臣(おみ)の先祖にあたるミスキトモミミタケヒコ（御鉏友耳建日子）を供として与え、また柊(ひいらぎ)の長い矛(ほこ)を授ける――。

（なんですって……）

これじゃ、息つく暇もない。それに下さるのは供の者と矛だけで、兵士も下さらないで、いったい父上は――。

そう思い、ヤマトタケルはむっとしたことだろう。とはいえ、勅命（天皇命令）である。背くわけにはいかない。父を敬愛し、父に忠実であるからだ。それに父に愛されたいからでもあった。

こうして再び、ヤマトタケルは東国遠征に出発することになる。

出立にあたり、ヤマトタケルは伊勢の神宮に立ち寄って参拝した。ここには、クマソタケル（熊曾建）を討つさい、女装するための衣裳をもらい受けた叔母のヤマトヒメ（倭比売）がいる。

この叔母に、ヤマトタケルはこう訴えた。

「父上は、私が死んでしまえばよいと思っておられるのでしょうか。西の征伐から戻ってきたばかりだというのに、兵士も下さらないで、今度は東の征伐を命じられました。いろいろ考え合わせますと、やはり父上は」

私などまったく死んでしまえばいいと思っておられるようです——。

そう嘆き悲しんで、出立しようとするヤマトタケルに、叔母のヤマトヒメは草薙剣（草那芸剣）と袋を授け、こう言う。

「この袋の口は、もし火急のことがあったなら、ほどいてお開けなさい」

＊

草薙剣（草那芸剣）は、スサノオノ命（須佐之男命）が肥の河の上流でヤマタノオロチを退治したときに得たもので、姉のアマテラス大御神（天照大御神）に献上した剣です。また、すでに述べたようにヤマトヒメは景行天皇の妹です。

◇野火攻め

尾張国（愛知県）に到着したヤマトタケルノ命は、しかるべき豪族の娘であるミヤズヒメ（美夜受比売）の家へ入った。ミヤズヒメと契りを結んで一緒になるつもりであったのだが、

（待てよ……）

まずは勅命を果たすのが先だ——。

そう思ったのだろう。まぐわいするなら東国を平定した帰りにしようと、その約束だけをして東国へ向かった。その途中、荒ぶる神々や服従しない人々を平定し、帰順

させた。

相模国（神奈川県）に入ったとき、そこの国造（地方首長）が、ヤマトタケルにこう言った。

「この野原の中に大きい沼があり、そこに住む神は荒々しい勢いを振るう、とても恐ろしい神でございます」

ひとつよろしくお願いするしだいでございます――。

よしわかったと、ヤマトタケルはその神を、見てくれようと野原に足を踏み入れた。どのくらい奥へ入っただろうか。沼がいっこうに見えてこない。

（はて……）

そう、怪しんだときである。野の四方からまるで野焼きのような火が迫ってきた。事ここにいたってヤマトタケルは騙されたことに気づき、心底から激しく怒りが込み上げてくるが、いかんともし難い。万事休すかと思われたとき、

（……そうだッ）

叔母のヤマトヒメからもらった袋を思い出し、その口をほどき、開けてみた。

（火打石……）

そうか、わかったぞ――。

ヤマトタケルは納得し、ただちに剣でまわりの草を薙ぎ払い、身のまわりから燃える草をなくした。

その上で、火打石で火を打ち出して、向かい火をつけた。こうすればこちらの火勢で、迫ってくる火を弱めることができる。

こうして無事に野原を脱け出ることができたヤマトタケルは、その国造の一族をことごとく斬り殺し、火をつけて焼いてしまった。それで、その地を焼津（静岡県焼津市）というのである。

*

ヤマトタケルが、この地で草を薙ぎ払った剣だから「草薙剣（草那芸剣）」なのです。したがってこれ以前に草薙剣であるはずはないのですが、『古事記』ではヤマトヒメが授けたのは「草薙剣（草那芸剣）」と記されています。また、火攻めに遭うのは相模国ではなく、駿河国の間違いです。

◆オトタチバナヒメの入水（じゅすい）

相模国（さがみの）（神奈川県）にある三浦半島から、上総国（かずさの）（房総半島）に渡る海峡がある。走水海（はしりみずのうみ）（浦賀水道（うらが））という。

ヤマトタケルノ命（みこと）はこの走水海を渡ろうとする。ここは狭い海峡であるが、走水といわれるように潮流が速い。その上、その日は海が荒れに荒れて、船を先へと進ませることができなかった。海峡を支配する海神が怒って波を荒らげ（あら）、船をぐるぐる回したからだ。

ヤマトタケルにしてみれば、この東国征伐は絶対に成功させたい。したがって、どうしても海神の怒りを鎮めて（しず）先へ進みたかった。

（どうしたものか……）

考えあぐねるヤマトタケルに、同伴していた妻のオトタチバナヒメノ命（みこと）（弟橘比売命）がこう言う。

「海神の怒りを鎮めるため、私があなたの身代わりとなって海中に身を沈めましょう」

（なんと……ッ）

絶句してオトタチバナヒメを見つめるヤマトタケルに、

「ですから、あなたは東征の使命を果たして、そのご報告を天皇になさいませ」

と、オトタチバナヒメは進言した。

荒れる海を鎮めるには生贄（いけにえ）を捧げるのが一番と信じられている。背に腹はかえられぬ。そう心を決めて、ヤマトタケルはオトタチバナヒメを人身御供（ひとみごくう）とすることにした。

さっそく海上に、八枚重ねの菅（すげ）の敷物、八枚重ねの獣皮の敷物、八枚重ねの絹の敷物が敷かれた。その上にオトタチバナヒメが降りた。入水である。

こうしてオトタチバナヒメが海神の妻として捧げられると、走水海は自然と穏やかになり、ヤマトタケルは船を進めて上総国に渡っていくことができた。

このとき、オトタチバナヒメはこんな別れの歌を歌った。

さねさし　相武（さがむ）（相模）の小野（おの）に　燃（も）ゆる火の　火中（ほなか）に立ちて　問ひし君はも

大意はこうだ。相模の野原で、燃え立つ火の中に立って、私の安否を呼びかけてくださったあなたよ――。

＊

相模の野原で野火攻め（のびぜ）に遭う（あ）という、そんな危急のときでも妻を思い出し、その安否を気遣って呼びかけてくれた夫。その夫の愛情を信じ、それを頼りとして妻はみずから入水（じゅすい）して夫を救ったのでしょう。

『古事記』にオトタチバナヒメとの出会いは記されていませんが、おそらくヤマトタケルは、この焼津（やいづ）でオトタチバナヒメと知り合い、契り（ちぎ）を結んだに違いありません。

ちなみに「さねさし」は相武（さがむ）の枕詞（まくらことば）ですが、語義・かかり方は未詳といわれます。

◇ああ、我が妻よ

オトタチバナヒメノ命（みこと）が入水して七日後のこと――。

オトタチバナヒメが髪に挿していた櫛（くし）が海岸に流れ着いた。すでに述べたように櫛には持ち主の魂が宿っている。そこでヤマトタケルノ命（みこと）は墓をつくって、そこにオトタチバナヒメの霊代（霊の代わりのもの）である櫛を納めた。

こうして上総国に入ったヤマトタケルは、それから荒れ狂う蝦夷をことごとく平定し、帰順させた。また山や川の荒ぶる神々も平定し、都への帰路に就くことができた。

ようやく足柄山（神奈川県箱根）の険しい坂の下あたりまできたとき、ひと休みした。さっそく乾飯（炊いた飯を干した携帯食）の食事をとり始めたのだが――。

（おや……あれは）

一頭の白い鹿が現われた。

（足柄山の坂の神の化身に違いない……）

そうヤマトタケルは直感し、食べ残しの野蒜の片割れを投げつけた。野蒜は食用・薬用であるが、ニンニクに似た強い臭気があるので邪気を祓う呪力、魔除けの力があると信じられている。その野蒜が鹿の目に当たり、鹿は死んでしまった。

（なんと……追い払うつもりであったのに）

死んでしまうとは――。

不吉な前兆を思わせる出来事であった。

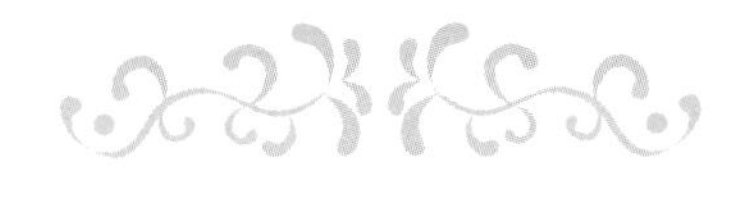

それからヤマトタケルは足柄山の坂の上に登り立った。そこからオトタチバナヒメが散った走水海（はしりみずのうみ）を見ることはできなかったが、相模（さがみ）湾は一望できる。その湾をつくづくと見て、海に沈んだオトタチバナヒメのことを思い起こしたことだろう。三度も溜息を漏らすと、

「あづまはや（ああ、我が妻よ）」

そう言い、悲嘆に暮れた。それでこの国を名づけて阿豆麻（あづま）（吾妻＝東）という。

その地からヤマトタケルは甲斐国（かいの）に出て、そのあと信濃国（しなのの）を越え、さらに美濃国（みのの）の伊那（いな）へと越える信濃の坂に住む神を平定し、そこから木曽川を伝って尾張国（おわりの）へと向かった。尾張国には、東国を平定した帰りに夫婦の契（ちぎ）りを結ぶ約束をしたミヤズヒメ（美夜受比売）がいる。

ヤマトタケルの心は久々に弾んだことだろう。

◆ミヤズヒメと再会

ヤマトタケルノ命（みこと）は尾張国に戻ってくると、まず再会を約束していたミヤズヒメの

家に入った。

（まあ、よくご無事で……）

お帰りなさいませ――。

そう言ってミヤズヒメは満面に笑みを浮かべ、喜んだことだろう。さっそく食膳を用意すると、側近くに寄って酒杯を差し出した。

そのとき、あでやかなミヤズヒメの衣裳に目をやったヤマトタケルは、

（はて……これは）

と、その打ちかけの裾に見入った。そこに滲んでいるのは明らかに「月の障り」であった。月経の血である。

（どのように知らせるべきか……）

ヤマトタケルはすかさず歌を詠んだ。その歌の大意はこうである。

天の香具山の上を渡っていく白鳥よ。その鳥の頸のように細いなよやかなあなたの腕を枕にし、私はあなたとまぐわいしたいと思う。けれども、あなたの着ておられる打ちかけの裾に月（月経）が出てしまったことよ――。

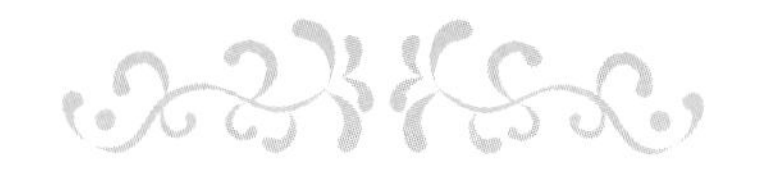

これを聞いてミヤズヒメは一瞬、

（まあ……）

と頰を赤く染めたかもしれない。けれどもすぐに歌を返した。その大意はこうだ。

日の神の御子（ヤマトタケルノ命）よ。新しい年が訪れ、また過ぎていけば、新しい月もまたきて過ぎていきます。お約束のときからずいぶん月日がたちました。どんなにか、どんなにか、あなた様のお帰りをお待ち申しておりましたことか。ですから、私の着ている打ちかけの裾に月がのぼる（月経が始まる）のも無理はありません——。

こうして二人は寝所に入ってまぐわいし、心ゆくまで堪能した。

それからヤマトタケルは伊吹山（岐阜・滋賀両県にまたがる山）の神を討ち取るために出かけていくのだが——。

ヤマトタケルはいつも腰に帯びている草薙剣（草那芸剣）を、ミヤズヒメのもとに預けて出かけてしまうのである。

◇初めての弱気

草薙剣（草那芸剣）をミヤズヒメの家に残して出てきたヤマトタケルノ命（みこと）は、

「伊吹山の神は、素手でじかに討ち取ってやろう」

そう言いおいて、山に向かった。その山の麓（ふもと）で牛のように大きい白い猪に出会った。

するとヤマトタケルは、

「おや、不思議な猪だ。こいつはきっと山の神の使いの者だろう。まあ、今は殺さず帰りに殺してやろう」

そう強く声に出して言い、山を登り始めた。

しかし、白い猪に化身していたのは山の神の使いではなく、山の神自身であった。その山の神に向かって「言挙（ことあげ）」、すなわち声に出して直接、強く言い立てたので、山の神は見くびられたと怒った。神というのは、神の意に反する人の行為に対して災禍をもたらし惑わす。すなわち祟（たた）りをなすのである。

突然、大粒の雹（ひょう）が激しく降り出し、ヤマトタケルの体を強く打った。

（な、なん、なんだ……）

激しい雹の襲来を受けて驚き困惑したヤマトタケルは、正常な判断力をほとんど失うほど惑わされた。やっとのことで山から下りて、玉倉部（伝説地・諸説あり）の清水のほとりにたどり着き、木陰で休んでいると、失われていた判断力が徐々に戻ってきた。

（見くびったがゆえに、あのような報いを受けたのだろう……）

祟りをこうむったヤマトタケルは、それから病気がちとなる。

それでもさらに進み、当芸野（岐阜県養老郡養老町）のあたりに着いた。このときヤマトタケルは溜息を漏らし、初めて弱気になってこんなことを言う。

「私はいつも、空をも飛んでいける気持ちでいた。けれども今はどうしたことか。私の足は前へ進もうとせず、道がはかどらなくなってしまった」

これから先、ヤマトタケルは少しばかり歩くと疲れがひどくなり、杖をついてそろそろ歩むようになってしまう。

＊

このくだりでは、道がでこぼこして歩きにくい様子を表わす「たぎたぎし」から

「当芸」とか、杖をついて歩き出したので「杖衝坂」とか、地名縁起がいくつか記されています。

◇白鳥と化すヤマトタケル

ヤマトタケルノ命は、病身を引きずりながら故郷の大和へと旅を続けた。杖衝坂（三重県四日市市の西方にある）からさらに進んで、伊勢の尾津崎（三重県桑名市多度町付近）の一本松のもとにたどり着く。ここは尾張国に直接、向かい合っている。

かつて東征の途中に食事をして、そこに置き忘れた大刀が、そのまま残っていた。それに感動したヤマトタケルは歌を詠んだ。大意はこうだ。

尾津崎の一本松よ。お前がもし人でもあるなら、大刀を帯びさせ、着物を着せてやろうものを。なあ、一本松よ——。

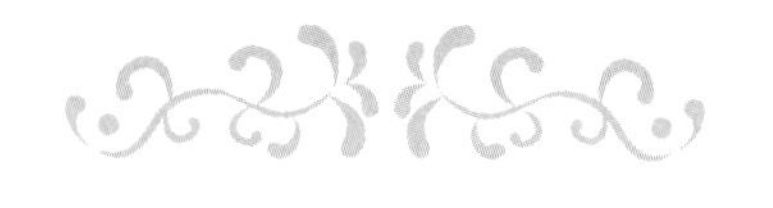

そこからさらに進んで、三重村にたどり着いた。歩くたびに足が痛む。このときヤマトタケルはまた溜息をついてこう言う。

「私の足はもう、三重の勾餅（まがりもち）のように腫れ上がってしまい、ひどく疲れてしまった」

膝にも足首にも水がたまり、ふっくらと腫れてしまっていたのかもしれない。

それでもさらに先へ進んで、能煩野（のぼの）（鈴鹿市あたり）にたどり着く。ここは大和（やまと）に近い。故郷はすぐ目の前である。このとき、故郷を偲（しの）んで歌を詠（よ）んだ。

倭（やまと）は　国のまほろぼ　たたなづく　青垣（あおがき）　山隠（ごも）れる　倭しうるはし

大和国は素晴らしい国だ。重なり合い、青い垣（かき）を巡らしたような山々、その山々に囲まれた大和は美しい（なつかしい）――。

ヤマトタケルは死期を悟ったのだろうか、次々と歌を詠む。

命の　全（また）けむ人は　たたみこも　平群（へぐり）の山の　くま白檮（かし）が葉を　うずに挿（さ）せ　その子

命の満ちあふれている人たちは、平群の山（奈良県生駒郡平群町の矢田丘陵）の熊樫（大きな樫）の葉を髪に挿して、生命を謳歌するがいい。お前たち――。ちなみに「たたみこも」は、平群にかかる枕詞。また、髪に花や青葉の枝を挿すのは、その生命力を感染させるためである。

次に詠んだのは、

愛しけやし　我家の方よ　雲居立ち来も
ああ、なつかしい我が家のほうから、雲が湧き起こってくることよ――。

そう歌ったとき、ヤマトタケルの病は急に切迫し、最期となる歌を詠んだ。

嬢子の　床の辺に　我が置きし　剣の大刀　その大刀はや
ミヤズヒメと交わした契りの床のそばに置いてきた草薙剣（草那芸剣）よ、ああ、あの大刀よ――。

あの草薙剣がこの手にあったらなあ、と心に強く感じていたことだろう。歌い終えるとヤマトタケルは息を引き取った。ただちに早馬の急使が大和に送られ、悲報が朝廷に伝えられた。

訃報を聞いたヤマトタケルの妻子たちが、大和から馳せ参じてきた。そして墓をつくり、泣きながら歌を詠んだ。するとヤマトタケルの霊魂は白鳥となって海辺へ飛んでいった。妻子たちは足の痛さも忘れて、そのあとを追う。そしてまた慟哭の歌を詠む。さらには海に入って恋い、歌う。白鳥が岩場に憩うのを見れば、また歌を詠んだ。

白鳥は河内国（大阪府南東部）の志幾（現在の柏原市）にまで飛んで、そこに留まった。それで御魂を鎮座させる墓をつくったのだが、それもつかの間、白鳥はさらに天空の彼方へと飛び去ってしまう。そこからどこへ行ったのか、誰も知らない。

*

ヤマトタケルの足跡ですが、尾津崎の前後の地名の順番は、当芸野→尾津崎→三重村→能煩野が正しいと言われます。

ヤマトタケルの最期の歌には草薙剣に対する愛着の心情と、その剣をミヤズヒメの

もとに置いてきたことに対する痛恨の念が込められています。草薙剣がなかったばかりに祟りから身を守れず、病身を抱えてしまったことに、ここにいたって気づいたのでしょう。

白鳥が河内国にも留まらず、飛び去ってしまうところに、オウスすなわちヤマトタケルの純真な性格と心情が発露していると言われます。

オウスは、白鳥となっても諸国を飛び回って逆賊の平定を考えていたのでしょう。父を敬愛し、父に忠実であることを父にわかってもらうために。そして何よりも父に愛されたいがために――。

5　十三代成務天皇と十四代仲哀天皇の世の中

◆オオトモワケの誕生

ヤマトタケルノ命（倭建命）の尽力によって国内は平定され、大和王朝は強化されたといえる。それを引き継いだのは異母兄弟のワカタラシヒコノ命（若帯日子命）である。

すでに述べたように第十二代景行天皇には合わせて八十人以上の子どもがいたが、そのうちヤマトタケル（オウスノ命）らとともに日嗣の御子（皇太子）として手元に残されたのが、ワカタラシヒコである。

第十三代成務天皇となるワカタラシヒコは、行政区画を明らかにしてより中央集権的な性格の強化をめざす。タケシウチノ宿禰（建内宿禰）を大臣（最高執政官）に任

じ、地方行政の整備事業に乗り出す。宿禰とは、貴人を親しみ尊んで、その名の下につけた語である。

成務天皇は九十五歳で没するが、あとを継いだのはヤマトタケルの子であるタラシナカツヒコノ命（帯中日子命）で、のちに第十四代の仲哀天皇と呼ばれる。この天皇の時代、淡路島の屯倉（朝廷の直轄領）が定められた。

仲哀天皇はオキナガタラシヒメノ命（息長帯比売命）を皇后とし、皇后は二人の御子を生んだ。ホムヤワケノ命（品夜和気命）と、オオトモワケノ命（大鞆和気命）、またの名をホムダワケノ命（品陀和気命）で、ヤマトタケルの孫に当たる。

この二人を生んだオキナガタラシヒメの漢風諡号は神功皇后であるので、以後そう記す。

日嗣の御子にオオトモワケと名づけたのは、生まれたとき、その腕に鞆（弓を射るとき左手首に着ける武具）のような形の肉ができていたからだ。それゆえ、オオトモワケは母親の胎内にいたときから朝鮮を討つことにたずさわり、国を治めていたと、のちに言われる。

というのは後述するような経緯があって、母の神功皇后がオオトモワケを身ごもったまま新羅遠征をしたからである。

このオオトモワケは第十五代応神天皇となるが、皇位を仲哀天皇から受け継いだというわけではない。神功皇后の胎内にいたときに天皇が急逝、代わって神功皇后が国を治めながら息子の成長を待って皇位を受け継がせたのである。

そこには母である神功皇后と大臣のタケシウチノ宿禰による目に見えない動き、暗中飛躍のようなものがあるように思える。

なぜなら、以下のような経緯があるからだ――。

◆神功皇后の神がかり

あるとき、仲哀天皇は熊襲を討つため筑紫国（九州）へ出向いた。このとき天皇は神功皇后を同伴した。

天皇は筑紫の香椎の宮（福岡市）に入ると、神帰せのために琴を弾いた。神を呼んで熊襲討伐についての神意をうかがうためだ。琴はそのための道具である。

すでに述べたようにオオナムチノ神（大己貴神＝オオクニヌシノ神・大国主神）も、スサノオノ命（須佐之男命）の根の堅州国から逃げ出すとき、天沼琴という琴を持ち出している。神帰せや神託を受けるときに必要だからだ。

天皇が琴を弾き出すと、大臣のタケシウチノ宿禰は、沙庭（神おろしをして神託を聞く場所）で神のお告げ（神託）を待った。そのとき突然、神功皇后が神がかりになった。その身に神が乗り移り、巫女のようにこんな神のお告げをした。

――西のほうに国（新羅）がある。その国には金や銀をはじめとして、光り輝くいろいろな珍しい宝物がたくさんある。私は今、その国を汝らに授けようと思う――

熊襲討伐など後回しにして、遠征しろというのである。

このお告げに、しかし天皇はこう答えた。

「高いところに登って西のほうを眺めやっても、国土は見えず、ただ大きな海ばかりが広がっております」

天皇は、この神が偽りを言っていると思い、弾いていた琴を押しやって弾くのを止めた。そして、沈黙するのみであった。天皇は新羅遠征に反対だったのかもしれない。

いずれにしても天皇の態度は、神のすさまじい怒りを招いた。

神はこう告げた。

――西のほうの国だけでなく、この国もそなたが統治すべき国ではない。そなたは黄泉の国への一筋の道を進むがよい――

それを聞いたタケシウチノ宿禰は驚きあわてて、天皇にこう訴えた。

「おそれ多いことです。わが天皇様よ、琴をお弾きなさいませ」

その訴えに、天皇はいやいやながら琴を引き寄せ、しぶしぶ弾き始めた。けれども間もなく琴の音がぴたりと止まった。

（はて……あれほどお願いしたのに）

また弾き止めたのだろうか――。

そう、タケシウチノ宿禰は不審に思いながら火を灯して見ると、天皇はすでに亡くなっていた。五十二歳であった。

◇神のお告げ

仲哀天皇の急逝は、神託を信じなかったがために神の逆鱗に触れ、その報いを受け

たと信じられた。

（神を怒らせたゆえの祟り……）

居合わせた者たちは神に許しを請おうと、国をあげて神の忌み嫌う穢れをもたらす罪を祓う儀式を行なうことにした。

諸国から清めのための幣帛（供物）を集めた。そして穢れをもたらすと考えられる罪――生剥・逆剥・畔離・溝埋・屎戸・上通下通婚・馬婚・牛婚・鶏婚・犬婚を並べあげ、それらを祓い清める大祓を行なった。

その上でタケシウチノ宿禰は、再び沙庭に控えて神託を待った。するとまた、神功皇后が神がかりし、こう神のお告げをした。

――すべてこの国は皇后の胎の中にいる御子が統治すべき国である――

（なんと、皇后様は身ごもられているというのか……）

驚いたタケシウチノ宿禰は、

「おそれ多いことでございます」

そう言ってから、

「で、皇后様の胎の中におられる御子は、男の御子か姫の御子か、どちらでございましょうか」

と性別を問いただした。

――男の御子である――

そこで、タケシウチノ宿禰はこう聞いた。

「今このようにお教えくださるあなた様は、いかなるお名前でございましょうか」

――これはアマテラス大御神の思し召しによる。また、私は墨江（住吉）のソコツツノオ（底筒男）・ナカツツノオ（中筒男）・ウハツツノオ（上筒男）の三柱の大神である――

お告げはさらに続いた。

――まことに西の国を求めようと思うなら、天つ神・国つ神、また山の神、河の神、海の神、もろもろの神々に幣帛（供物）を差し上げ、私の御魂を船の上に祀りなさい。そして木を焼いた灰を瓢箪に入れ、また箸と柏の葉でつくった皿をたくさん用意し、それらをことごとく海に撒き散らして海神に捧げ、その上で海原を船で渡るがよい――

この神託に従って、神功皇后は軍隊を整え、多くの船を並べて、教えられた通りにして海を渡り、朝鮮半島に向かう。

＊

生剝（いけはぎ）＝生きたまま獣の皮を剝ぐ行為。逆剝（さかはぎ）＝獣の皮を尾のほうから剝ぐ行為。畔離（あはなち）＝畔を壊して稲作を妨害する行為。溝埋（みぞうめ）＝田に水を引く溝を埋める行為。屎戸（くそへ）＝祭祀の場に屎をひりちらし穢す行為。以上の行為は大祓（おおはらえ）の祝詞（のりと）に「天（あま）つ罪」として列挙されています。

上通下通婚（おやこたわけ）＝親子の不倫な関係。馬婚・牛婚・鶏婚・犬婚＝獣姦行為。以上の行為は「国（くに）つ罪」としてあげられています。

◈新羅（しらぎ）遠征

神功（じんぐう）皇后が多くの船を並べて海へ乗り出すと、海原を泳ぐ大小さまざまの魚がことごとく集まってきて、船を背負って走った。

また追い風も盛んに吹き、船は波に乗ってたちまち新羅の国に着いた。すぐさま皇后の軍は内陸にまで攻め込んだ。新羅の国王は怖れをなして、こう言う。

「これからは天皇の命令通りに従い、馬飼（うまかい）（馬の飼育に従事する者）となってお仕（つか）えいたします。船の腹を乾かすこともなく、舵(かじ)や棹(さお)を乾かすこともなく、天地の続くかぎり休むことなく、貢ぎ物を差し上げてお仕えいたしましょう」

船を濡れっぱなしのまま、乾かすこともせず、とにかく働き詰めに働くというのである。

そこで新羅(しらぎ)の国を、馬飼である御馬甘(みまかい)と定め、その隣国の百済(くだら)の国を、渡海のことをつかさどる役所、渡屯家(わたのみやけ)と定めた。

皇后は新羅の国王の宮殿の門に杖を突き立て、そこを領有したことを明らかにした。そして住吉神社の三柱の荒御魂(あらみたま)を、この国を守る神として祀(まつ)った。

この新羅遠征の仕事が終わらないうちに、皇后の身ごもっている子が生まれそうになった。そのため皇后はお腹を鎮(しず)めようと裳(も)（腰から下にまとう衣服）の腰におまじないの石を結(ゆ)わえつけ、出産を抑えながら海を渡って筑紫(つくしの)国に戻ってきた。

こうして皇后はオオトモワケノ命(みこと)を生んだのである。その子の生まれた地を、宇美(うみ)（福岡県糟屋(かすや)郡宇美町）と名づけた。裳に結わえつけた石は筑紫国の伊斗(いと)の村に祀られた。

また四月の上旬の頃、筑紫国の玉島川（佐賀県東松浦郡）のほとりで食事をとったさい、皇后は川の中の岩の上に立つと、衣の糸を一本抜き取って、飯粒を餌に年魚（鮎）を釣った。その川の名を小河とし、岩を勝門比売と名づけた。

そういうわけで、この時期になると女たちがみな、衣の糸を抜いて飯粒を餌に年魚を釣る習慣が続いている。

＊

古代、日本には乗馬の風習はありませんでしたが、この時代（古墳時代）頃に朝鮮を経て馬匹（飼い馬）や馬具が取り入れられたそうです。

「杖」は神霊の依り代といわれます。これを突き立てるのは、そこを領有したことを表わします。荒御魂とは、荒々しく活動的な働きをすると信じられた神霊・霊魂のこと。ちなみに和御魂は、平和・静穏などの働きがあると信じられました。

鮎の寿命は普通一年ですので、「年魚」と記したといわれます。

◇筑紫から大和へ

神功皇后は幼い皇子、オオトモワケノ命とともに大和へ帰るべく、筑紫から難波へ向けて船を進めた。

このとき皇后は留守を預けている大和の人々の心が疑わしく思えてくる。

（もしや、反逆の心を抱いているのでは……）

そう恐れて一計を案ずる。棺を載せる船（喪船）を一隻用意し、その船に幼い皇子を乗せ、皆の者にこう言い触らさせた。

「御子はすでにお亡くなりになった」

このようにして一行は難波へ船を進めたのである。

果たして風聞を人づてに聞いたカゴサカノ王（香坂王）・オシクマノ王（忍熊王）という兄弟が、皇后を討とうと画策した。彼らは亡き仲哀天皇が別の妻との間にもうけた皇子で、オオトモワケの異母兄にあたる。皇位継承をめぐる争いが起きたといえ

る。

　彼らはまず斗賀野（とがの）（神戸市灘区都賀川流域。異説あり）に出ていき、自分たちの目論見（もくろみ）の成否・吉凶を占うため「誓約狩り（うけいがり）」をした。これはすでに述べたように、狩りを行なって神意をうかがうという占いだ。

　そこで兄のカゴサカがくぬぎの木に登って狩りの模様を見渡していると、そこへ怒り狂った大きな猪が現われ、たちまちその木を掘り倒してしまった。

（あっ……）

　という間に、カゴサカは地上に叩きつけられ、猪に食い殺された。

　誓約狩りは凶と出た。

　けれども弟のオシクマはその凶兆を恐れることもなく軍を起こした。そして皇后軍を待ち受け、攻撃を開始した。

　このときオシクマ軍は、まず兵士の乗り組んでいないと思われる喪船（もふね）に攻めかかった。けれども、その喪船から、たくさんの兵士が躍り出してきた。皇后の仕掛けた罠（わな）に引っかかったのだ。

（やや……）

不意を衝かれてオシクマ軍は散り散りばらばらとなる。皇后軍は船から下りるや一気に進攻し、オシクマ軍を窮地に陥れた。

このとき、オシクマ軍にはイサヒノ宿禰（伊佐比宿禰）、皇后軍にはタケフルクマノ命（建振熊命）が、それぞれ将軍として仕えていた。追いつ追われつしていたが、オシクマ軍は山城に入り込むと立ち直り、双方引くことなく攻防を繰り返した。

そこでタケフルクマ将軍は一計を案ずる。

「皇后はすでに亡くなられた。もはや戦わねばならぬ理由はない」

そう、言い触らさせた。そして弓の弦を切って偽りの降伏をした。

するとオシクマ軍の将軍、イサヒノ宿禰はそれを信じて、軍勢に弓の弦を外させた。

（しめたッ）

思い通りに事が運んで、タケフルクマ将軍は喜んだ。ただちに、かねてより兵士たちに髪の中に用意させてあった弓の弦を取り出させた。それを弓に張り、矢をつがえて射ちまくった。逃げるオシクマ軍を琵琶湖の西、逢坂（京都府と滋賀県の境）まで追撃し、ついに淡海（近江）の沙々那美（琵琶湖の西南岸一帯）で全滅させた。

追いつめられたオシクマとイサヒノ宿禰将軍は船に乗り、湖上でこんな内容の歌を歌う。

痛手を負うよりは湖にもぐって死んでしまおうよ――。

それで湖に身を投げて死んでしまうのである。

◇禊と成人儀式

皇位継承をめぐる争いに決着をつけたタケシウチノ宿禰は、幼い皇子オオトモワケノ命を連れて、禊のために淡海（近江）および若狭国（福井県南西部）を巡歴した。穢れを祓う必要があった。

なぜなら皇子は喪船に乗せられ、死んだと伝えられた。つまり死人に見立てられた。すでに述べたように死や死者は穢れとされ、忌み嫌われている。だから死人に見立てられたのは縁起でもないことであり、禊が必要となり、その行事を行なう場所を求めて、めぐり歩くことになったのである。

越前国（福井県中・北部）の角鹿までできたとき、そこに仮宮をつくって皇子を住まわせた。ここで禊の行事を行なったようである。

ある夜、タケシウチノ宿禰の夢に、この土地のイザサワケノ大神（伊奢沙和気大神）が現われて、こう言う。

「私の名を、御子のお名前と取り替えたいと思う」

神託であった。恐れ入ったタケシウチノ宿禰はこう答える。

「仰せの通りにいたします」

すると、お告げが返ってきた。

「明日の朝、浜に出かけなさい。名前を取り替えたしるしに贈り物を差し上げよう」

翌朝、幼い皇子が浜に出てみると、鼻の傷ついたたくさんの入鹿魚が入江に寄り集まっていた。そこで皇子はこれを見て、タケシウチノ宿禰を通して、神にこう祈った。

「神は、私の御食（食事）のため、たくさんの魚を下さいました」

ありがとうございますと、感謝の気持ちを伝えた。そして、その神の御名を称えて

ミケツ大神（御食津大神）と名づけた。以来、この地方から朝廷に塩や魚介類が多く献上されるようになる。

この大神は、今はケヒノ大神（気比大神）と呼ばれている。また、傷ついた入鹿魚の鼻の血が臭かったので血浦と名づけたが、今は都奴賀（角鹿）と呼んでいる。

皇子らが角鹿まで禊に行ったのは、ケヒノ大神に詣で、名前替えの神事を行なうためだったらしい。禊のあと、神の名を自分の名にしたというのは、祖神から名を与えられたということであり、典型的な成人式儀礼といわれる。

この成人式儀礼のあと、皇子が都（大和）へ帰ってくると、母の神功皇后は息子を祝福し、待酒（人を待ち受けて醸造する酒）をつくって差し出した。このとき、こんな内容の歌をそえた。

「この御酒は私が醸したものではありません。常世国におられる酒の司（酒の支配者）で、石神となって立っているスクナビコナノ神（少名毘古那神）が祝って狂い踊り、醸して差し出してきた御酒です。さあ、すっかり飲み干してください。さあ」

すると皇子に代わってタケシウチノ宿禰が答えて、こう歌った。

「この御酒をつくった人は鼓を臼のように立てて、そのまわりを歌いながら醸したか

らなのか、踊りながら醸したからなのか、この御酒はなんともいえず、たいへん味がよくて楽しい。さあさあ」

この二首は、酒宴の席で歌う「酒楽の歌」と呼ばれている。

また、神功皇后は百歳で亡くなった。

＊

イルカの鼻が傷ついていたのは、捕らえるときに銛で鼻をつくからだと考えられます。入鹿魚、と記されたのは魚類と考えたからでしょう。また都奴賀（角鹿）は、のちに敦賀になりました。

スクナビコナノ神は「上巻」に登場しているように、オオクニヌシノ神（大国主神）の国づくりを助けた神です。海の彼方の常世国から去来すると信じられた神で、高天原のカムムスヒノ神（神産巣日神）の子どもですが、その指の間からこぼれ落ちてしまったほど小さい神です。

「酒の司」は「くしのかみ」と読みますが、「くし」は「くすり」という語とともに「奇し」という語から出ているといわれます。スクナビコナノ神は、のちに仏教の薬師仏（薬師如来）と合体して薬師菩薩神と呼ばれます。

6　十五代応神天皇の世の中

◇可愛いのは年上か年下か

神功皇后は、息子のオオトモワケノ命（大鞆和気命）が成人する日まで摂政を務めていたが、ついに皇后に替わってオオトモワケ、別名ホムダワケノ命（品陀和気命）が天下を治めることとなった。のちになって応神天皇と呼ばれる。

応神天皇は男子十一人、女子十五人の子をもうけた子だくさん天皇であった。そのうち後継者として有力な息子は三人いた。年の順に、上からオオヤマモリノ命（大山守命）、オオサザキノ命（大雀命）、ウジノワキ郎子（宇遅能和紀郎子）である。むろん異母兄弟である。

天皇は、そのめいめいが子どもを持つようになった頃、オオヤマモリとオオサザキ

にこう聞いた。

「お前たちは、父親として年上の子どもと年下の子ども、どちらが可愛いか」

こう尋ねるのには、理由があった。天皇は皇位を一番下の息子、ウジノワキ郎子に譲ろうと考えていたからだ。

オオヤマモリは、

「年上の子のほうが可愛く思われます」

と答えた。

いっぽうオオサザキは天皇の心中を察していた。それで、こう答える。

「年上の子はすでに成人していますので、気にかかることもありませんが、年下のほうはまだ成人しておりませんので、こちらのほうが可愛く思われます」

果たして天皇は深く頷き、

「オオサザキよ。お前の言ったことは私の思っている通りだ」

そう言うと、三人の息子にこんな命令を下した。

「オオヤマモリは海と山の部民（大和朝廷に服属する人々の総称）を管理し、オオサザキは私の統治する国の政治を補佐する任にあたりなさい。ウジノワキ郎子は皇位を受け継ぎ、天下を治めなさい」

この天皇の詔に、オオサザキは背くことはなかった。

◇心の底から魅せられた乙女

応神天皇が皇位を譲ろうと考えた息子・ウジノワキ郎子は豪族の娘であるヤカワエヒメ（矢河枝比売）が生んだ子である。その経緯はこうだ――。

あるとき、天皇は大和から近江国へ山越えをして宇治の木幡村へ出かけた。

（おや……）

天皇は村の辻で、容姿端麗な、いかにも汚れなき様子の一人の乙女に出会った。

「あなたは誰の子か」

尋ねた天皇に、乙女はこう答えた。

「私は丸邇のヒフレノオホミ（比布礼能意富美）の娘で、ヤカワエヒメと申します」

（丸邇か……）

この地の大豪族の娘とわかって天皇は、

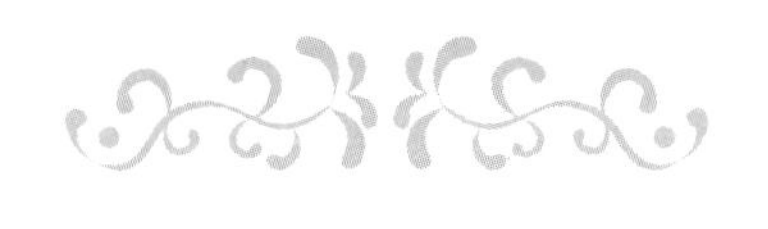

「私は明日、都（大和）に帰るとき、お前の家に立ち寄ろうと思う」

そう言い、心して待つようにとでも言うふうに、頷きながら乙女を見つめたことだろう。

そんな男の目を見つめ返しながらヤカワエヒメは、

（はて……）

といぶかしげに一礼し、その場を立ち去った。その乙女の後ろ姿に、天皇はつくづくこう思う。

（なんと、後ろ姿も小さい楯のようにすらっとして美しいのだろう）

それにまた、歯並びもなんと白く美しかったことだろう――。

この気持ちを、のちに天皇は歌に詠むのである。


いっぽうヤカワエヒメはただちに家に帰ると、辻で出会った男の話を父親に詳しく伝えた。父親は男の身なりや供揃えなどの様子から、こう思う。

（そのお方は天皇でいらっしゃる。おそれ多いことだ……）

そのことを娘に伝え、こう言い聞かせた。

「明日は、悦んでお仕え申し上げなさい」
天皇にどう仕えるのかを、ヤカワエヒメは家の女たちから教え込まれたことだろう。
丸邇の家では、天皇を迎えるため家を整え飾り、食事などの準備も始め、その到着をかしこまって待った。ちなみに食事を用意して差し出すのは服属儀礼であり、大豪族の丸邇は天皇につき従うという意思表示をしたことになる。

翌日――。

やってきた天皇に食事を差し出したとき、父親は娘のヤカワエヒメに酒杯を持たせ、酒を差し出した。すると天皇は、その酒杯をヤカワエヒメに持たせたまま、よいご機嫌で歌を詠んだ。その中に、こんな内容のくだりがある。

――木幡の道で出会った乙女よ。その後ろ姿は、すらっとして小さな楯のようだ。前から見ると、歯並びは椎や菱（水草）の実のように白く美しい。ほどよい土を焼いてつくった眉墨で、こんなふうに両眉を描いた、道で出会った乙女よ。こうなればよいなと思っていた乙女に、ああなればいいのにと思っていた乙女に、思った通りに今、向かい合っている。ぴったり寄り添っている――。

天皇はヤカワエヒメという乙女に、心の底から魅せられてしまっていた。

こうしてその乙女とまぐわいして生まれた子どもが、ウジノワキ郎子なのである。

◇乙女を息子に譲る父

応神天皇は子だくさんの天皇であるだけに妻も多く、乙女には目がなかった。

あるとき、日向国に見目麗しい乙女がいるという噂を耳にした天皇は、側近くに仕えさせようと、その乙女・カミナガヒメ（髪長比売）を召し出した。

けれどもカミナガヒメの乗る船が難波の港に着いたとき、天皇の息子であるオオサザキノ命はその乙女に心を動かされる。

（なんて、美しく容姿の整っている乙女なのだろう）

その美しさに感じ入って、すぐに大臣のタケシウチノ宿禰（建内宿禰）にこう頼み込んだ。

「あのカミナガヒメを、私に下さるよう天皇にお願いしてほしい。頼むよ」

それこそ拝み倒すほどの勢いであったに違いない。とにかく彼女が欲しくてたまらない。その気持ちは募るばかりとはいえ、父である天皇の召し出した娘であるから、略奪などできない。となれば、父の側近中の側近に口添えを頼むしか方法がない。頼まれたタケシウチノ宿禰は、父子で側妻争いかと、驚いたことだろう。それに、

（天皇は許すだろうか……）

不安が脳裏をよぎったに違いない。

けれども、案ずるよりは産むが易しであった。その旨を天皇に伝えて許しを願うと、

「よかろう」

天皇はあっさり承知したのであるが――。

そのときの状況はこうである。新嘗祭の翌日に行なわれた酒宴のときだった。天皇がカミナガヒメに酒を受ける柏の葉を持たせ、それをオオサザキに与えた。このとき天皇はこんな内容の歌を詠む。

さあ、若者どもよ。野蒜を摘みにいこう。私が摘みにいく道筋には、香りのいい花橘があるけれど、上の枝は鳥が止まって枯らし、下の枝は人が折り取って枯らし、中ほどの枝に蕾のまま残っている、その蕾のようなほんのりと赤くつややかな乙女を、

さあ、自分の妻としたらよいだろう――。

天皇は鷹揚(おうよう)な態度でカミナガヒメを息子に譲ったように見える。けれども次にこんな内容の歌も歌う。

依網(よさみ)(大阪府堺市池内)の池の水を堰(せ)き止める杭(くい)を打つ人が、杭を打っていた(ほかの男が女を占有していたことのたとえ)のも知らず、蓴菜(じゅんさい)(水草)取りの人が手を伸ばしていたのも知らず、私としたことがなんと愚かであったことか。今になってみると、悔しいことだ――。

こうして、蕾(つぼみ)のようなほんのりと赤くつややかな乙女、カミナガヒメを息子に与えたのである。

カミナガヒメを頂戴したオオサザキは、のちにこう歌った。

都から遠い国の古波陀(こはだ)(地名・不詳)の乙女よ。雷(いかずち)のように騒がしく噂が聞こえていたが、今は手枕(てまくら)をかわして寝ることができるとは――。

そしてまた、
都から遠い国の乙女が、拒むことなく私と共寝したことを、私は素晴らしいと思う
――。

そう歌った。

オオサザキは、父である天皇とうまくいっていたのだろう。だからこそ天皇も、悔しいと思いながらも乙女を息子に譲ったに違いない。

このオオサザキはとても立派な大刀(たち)を腰に差していて、吉野に住む土着の人々からその刀を褒められる歌を歌われるほどであった。

オオヤマモリの反逆

子だくさんの応神(おうじん)天皇が没すると、オオサザキノ命(みこと)は天下を弟のウジノワキ郎子(いらつこ)に譲った。

生前、天皇は三人の皇子――皆、異母兄弟――に任務を分担したさい、ウジノワキ郎子には皇位を継承せよと命じたからだ。

けれども一番上の兄、オオヤマモリノ命は最初から、

（なんで、オレが山と海の部民の管理なのだ……）

と不服であったようだ。とはいえ天皇の生存中は逆らえなかったのだろう。

けれども天皇が没すると、
今こそ自分が天下を治める絶好の機会――。

そう思いいたったのだろう。弟のウジノワキ郎子の殺害を企む。ひそかに武器を準備し、軍勢を集めて弟を攻めようとする。

二番目の兄であるオオサザキは、長兄のオオヤマモリが武器を準備していることを聞くと、弟に知らせた。

（なんですって……）

驚いたウジノワキ郎子は思案を巡らし、策を講ずる。まず兵士を人目につかないように宇治川のほとりに潜ませた。また、宇治の山の上に絹の幕を張り巡らし、幕を張った陣屋をつくった。そして足を組んで座る台を、人目につきやすいところに置き、そこに自分の姿に仕立てた舎人（雑役の者）を座らせた。

その前を、多くのあらゆる役人が恭しく通る様子は、まったく次の天皇となるべきウジノワキ郎子がいるようであった。

　さらに、オオヤマモリが宇治川を渡るときに備えて渡し場に船と櫓(ろ)（櫂(かい)）を用意し、細工をした。船底の簀(す)の子に、つる性植物の茎の粘液（油性）を塗って滑りやすくしたのだ。

　いっぽうウジノワキ郎子(いらつこ)自身は、粗末な布づくりの衣と褌(はかま)を着けて、すっかり賤(いや)しい者の姿に変装した。そして、その姿のまま船上に立って、櫓(ろ)（櫂）を握った。船頭を装ったのである。

　そうとも知らず、長兄のオオヤマモリがやってきた。オオヤマモリは伏兵を置き、自分は衣の下に鎧(よろい)を着て船に乗ろうとした。そのときオオヤマモリは、遠く宇治の山の上の、絹の幕で飾り立てられた陣屋を見上げ、

（むむ……）

　あそこの台にウジノワキ郎子が座っているのか――。

　そう思い込んだ。船に乗り込むと、櫓（櫂）を握っている船頭に、オオヤマモリはこう聞いた。

「この山の上に、凶暴な大きい猪がいると聞いた。その猪を打ちとろうと思うが、打

ちとれるだろうか」

船頭はこう答えた。

「それはできないでしょう」

「どういうわけで、できないのだ」

「たびたび打ちとろうとする者がきましたが、できませんでした。だから、あなた様も無理でしょう」

そうこうしているうちに、船は川の中ほどまで進んでいた。そのとき船頭はいきなり船を傾けた。

「やや、何をするッ」

オオヤマモリは叫んだだが、船底に塗られた粘液に足をとられて滑り、川の中へ落ちてしまう。浮き沈みしながら、川の流れに従って下っていく。大声で助けを求めるオオヤマモリを目がけて、身を潜ませていたウジノワキ郎子（いらつこ）の軍勢が一斉に矢を射った。

ついにオオヤマモリは溺れ死んでしまう。

その後、オオサザキとウジノワキ郎子の二人は、どちらが皇位を継承すべきかで、

互いに譲り合い、らちがあかなかった。海人(あま)(大和朝廷に漁業をもって仕えた部民(べみん))たちが祝いの貢ぎ物を用意して差し出しても、どちらも受け取らない。そんなことが繰り返されたので、海人たちは困惑し疲れ果て、腐った魚を往来に捨てて泣いた。

腹違いの兄と弟が皇位を譲り合っているうち、弟のウジノワキ郎子(いらつこ)が若くして死んでしまう。

そのためオオサザキが応神(おうじん)天皇のあとを継ぐことになったのである。第十六代仁徳(にんとく)天皇の誕生である。

*

この中巻の最後に因縁話めいた説話が二つ載っていますが、本筋とはかかわりがないので省略しました。

(中巻　了)

古事記 【下巻】

1 十六代仁徳天皇の世の中

◈聖帝の御代

第十五代応神天皇は子だくさんの天皇であったが、そのうち後継者として有力な息子は三人いた。それぞれ異母兄弟で、年の順からオオヤマモリノ命（大山守命）、オオサザキノ命（大雀命）、ウジノワキ郎子（宇遅能和紀郎子）である。

応神天皇が没すると、オオヤマモリの反逆、それを征伐したウジノワキ郎子の急逝で、結局、オオサザキが皇位を継ぐことになり、のちに第十六代仁徳天皇と呼ばれた。

仁徳天皇は難波の高津の宮で天下を治めた。

ある春先のこと――。

天皇は高い山に登って国土の四方を見回した。いわゆる国見儀礼である。

（はて……）

どうしたことか――。

どの家々の竈からも、食べ物を煮炊きする煙が立ちのぼっていない。

（これは……）

貧しくて食べるものがなく、竈に火が入らないからに相違あるまい――。

そう判断して天皇は、税の徴収や労役を三年間やめることにした。みずからも生活を切り詰め、宮殿の修理など負担のかさむことは一切せずに、質素を心がけた。

このため宮殿のあちらこちらに雨漏りが発生しても容器で受け、天皇は雨漏りしない場所に移るという有り様だった。

けれども三年後、再び国見をすると、家々の竈から炊事の煙が立ちのぼるのが見えるようになった。

人々の生活が安定し豊かになったことを確認した天皇は、再び税や労役を課すが、苦情が出ることはなかった。

それで、人々はこの御代を、聖帝の御代と呼んで讃えている。

「国見」とは、天皇が高山に登って領国を見渡し、地勢を褒め称えて五穀豊穣を予祝する農耕儀礼です。

*

◆嫉妬が生む濃厚な密会

仁徳天皇の皇后はイワノヒメノ命（石之日売命）といい、葛城のソツビコ（曾都毘古）の娘であった。ソツビコは大臣のタケシウチノ宿禰（建内宿禰）の子であるので、イワノヒメは大臣の孫娘にあたる。

イワノヒメは天皇を愛していたが、出自が良いので気位が高く、また妬み深いところがあった。天皇の口からほかの女（妾＝御妻＝妃）の話題が出ようものなら、足をばたつかせて口惜しがる。そんなイワノヒメに悩まされながら、それでも天皇は美しい女には目がなかった。

あるとき、吉備国（岡山県と広島県東部）の豪族の娘・クロヒメ（黒日売）という乙女が、その名のように髪が黒く、とても容姿が整っていて美しいと聞くと、天皇はただちに彼女を宮中に召し出した。

けれどもクロヒメは皇后のイワノヒメに妬まれるのが恐ろしくなって、船で故郷の吉備国に逃げ帰ってしまった。

天皇はクロヒメが船出をするというとき、高殿に上って、クロヒメの乗った船が出ていく難波の海のほうを望見し、こんな内容の歌を詠んだ。

沖合に小舟が連なっているのが見える。ああ、悲しいものだ。いとしい女が故郷へ帰っていく――。

この歌を聞いて、皇后のイワノヒメはにんまり笑うどころか、

（なんですって……もうッ）

と心底から妬ましく思い、怒った。ただちに難波の大浦に使いを出すと、クロヒメを、乗り込んだ船から下ろしてしまった。そのためクロヒメは故郷の吉備国まで歩いて帰らねばならなかった。

それを知って天皇は、

(ああ、クロヒメがいとしい……)

クロヒメを思い切るどころか、いっそう恋しく思う気持ちを募らせた。ついに密会を目論(もくろ)んで、皇后にこう嘘をつく。

「淡路島(あわじ)を見てみたい」

皇后の激しい嫉妬はむしろ逆効果だった。

天皇は旅立ち、淡路島にやってくると、はるかに遠い海を眺めて、こんな内容の歌を詠(よ)んだ。

難波を越えて、ここに立って国々を眺めると、いろいろな島も見える――。

そして、あの海の向こうには恋しいクロヒメがいるという思いだったのだろう。淡路島からさらに船を進め、島を伝って吉備国(きびの)に入った天皇は、ただちにクロヒメを訪ねた。

驚いたのはクロヒメである。

（まあ、私のために……）

クロヒメは喜び、心を動かされたことだろう。天皇を山間の畑地へ案内して、食事を差し上げることにした。お吸い物をつくろうと青菜を摘んでいると、天皇がやってきて、寄り添った。そして、天皇はこんな内容の歌を歌った。

山の畑の青菜も、吉備のクロヒメと一緒に摘むと、心も晴ればれ、楽しいことだなあ――。

こうして食事を終えると、二人は激しく燃え上がり、濃厚な密会を堪能したことだろう。けれどもいつまでもゆっくりしているわけにはいかない。天皇が都（大和）へ帰っていくとき、クロヒメはこんな内容の歌を贈った。

大和の国のほうへと西風が吹き、雲がちりぢり離れるように、あなたと離れ離れになっても、私はあなたを忘れません――。

またさらに、こんなような胸の内を歌った。

大和(やまと)の国へいそいそと、向かっていくのは誰の夫かしら。ひそかに心を通わせて、人目をしのんでいく人は誰の夫なのかしら――。

＊

皇后のイワノヒメの祖父タケシウチノ宿禰(すくね)は、第十三代成務(せいむ)天皇から第十六代仁徳(にんとく)天皇まで長寿を保ち、大臣(おおおみ)として歴代に仕えたとされています。

最後の歌の「夫」は、皇后イワノヒメのもとへ帰っていく天皇をさしています。誰の夫なのだろうか、ほかならぬ私（クロヒメ）の夫なのだ、という思いがにじみ出ているようです。

このあと二人の関係がどうなったのか、残念ながら『古事記』に記されていません。

◆皇后を愛す天皇

仁徳(にんとく)天皇は、その後も皇后以外の娘との恋に精を出す。

ある日のこと――。

皇后のイワノヒメノ命は新嘗祭の翌日に行なう酒宴で酒杯として使用する御綱柏の葉を採集するため、船を仕立てて紀伊国へ出かけた。

（しめた……）

天皇は小躍りする思いだったかもしれない。皇后の留守の間に、かねてより恋心を抱いていたヤタノワキ郎女（八田若郎女）という娘とまぐわいした。昼も夜もヤタノワキ郎女をそばに置き、遊び興じた。

ヤタノワキ郎女は、急逝した異母弟ウジノワキ郎子の妹にあたる。

つまり、天皇は異母妹にあたる娘と恋に落ちたのだった。

そんなことを知る由もない皇后は、御綱柏を船に満載して戻ってくる途中であった。

このとき、皇后の船に乗り遅れた女官が別の船に乗って遅れて難波の船着き場に着いた。

その船着き場に、吉備国出身で宮中の飲料水をつかさどる役所の人夫がたまたま故郷に帰ろうとしてやってきていた。彼は女官の一人にこんなことを語った。

「この頃、天皇は、ヤタノワキ郎女という娘と昼も夜も戯れて遊んでおられる。皇后

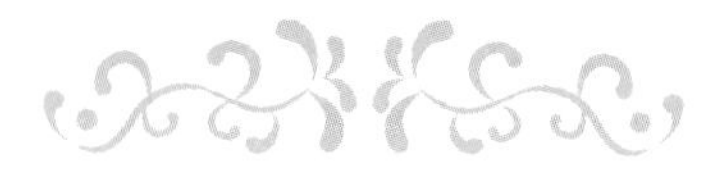

はご存知ないからだろう、のんびり柏の葉などを集めておられる」

これを聞いた女官はすぐに皇后の乗った船に追いつくと、ご注進に及んだ。

（なんですってッ……）

皇后はしばし絶句したことだろう。けれどもたちまち怨みと怒りの感情が湧き起こる。船に満載している御綱柏をすべて海に投げ捨てることを命じた。

（もう、天皇の顔も見たくない……）

そんな気持ちだったのかもしれない。怒りを抑えかねた皇后は天皇のもとには帰らなかった。皇后を乗せた船は難波から運河伝いに逆上り、生まれ故郷の葛城を目指して淀川の上流のほうへと上った。山城国まで上ったとき、ようやく怒りもしずまったのだろう、皇后は天皇を称える歌を詠む。

それで天皇をうらめしく思っていた気持ちは治まったのだが、旅のついでにと山城国から奈良山のほうへ回った。その山のふもとで、皇后はまた歌を詠んだ。こんな内容だ。

山また山の山城川を、上っていけば、青土の美しい（青丹よし）奈良もすぎ、大和もすぎて、私が見たいと思うのは、葛城の高宮の、生まれた家のあるあたりです――。

そこからまた皇后は山城国へ戻り、筒木（京都府京田辺市あたり）の韓人（百済からの帰化人）で、名をヌリノミ（奴理能美）という人の家に逗留した。

いっぽう、いくら待っていても帰ってくる気配のない皇后に、天皇は「お前を愛している」という歌を次々とつくり、それを使者に持たせて皇后のもとへ送った。けれども最初の歌も、次の歌も効果がなかった。三つ目の歌は、こんな内容の歌である。

山また山の、山城の女が、木の鍬を持って耕してつくった大根、その大根のように白い腕を誰が取った、私が枕とした、知らぬ仲ではないものを――。

天皇は戻ってこない皇后にいささかイラついてきたようである。

◇それでも懲りない天皇

皇后イワノヒメノ命に遣わされた二人目の使者は、丸邇臣のクチコ（口子）という名の者だった。

クチコが皇后の逗留している館に着いたとき、ひどい雨降りであった。その雨を、クチコはよけようともしないで表の戸口にやってくるとひざまずき、天皇の歌を奏上しようとした。

すると皇后は、裏の戸口へ出てしまった。そこでクチコも裏の戸口へ回ってひざまずくが、今度は表の戸口へ出てしまう――。そんな皇后の使者への八つ当たりが繰り返された。

どしゃぶりの雨の中、紅い紐をつけた青く摺り染めにした藍色の衣裳を身に着けていたクチコは、もうひと足も動けなくなり、庭の中にしゃがみ込んでしまった。庭に溜まった雨水に腰まで浸った。水が、紅い紐を浸して真っ赤になり、藍色の衣裳がみな、赤い色に変わってしまった。

それを見て皇后に仕(つか)えていた一人の女官が、クチコを憐れむ歌を詠(よ)んだ。そして、はらはらと涙をこぼした。

（はて、なにゆえに……）

そういぶかしんだ皇后は、お前はなぜ泣いているのかと聞いた。すると女官はこう答えた。

「あれは私の兄、クチコでございます」

それを聞いて、さすがに皇后も使者への八つ当たりをやめる気になったのだろう。やっとのことでクチコは天皇の歌を奏上することができた。

けれども皇后は一向に帰る様子を見せなかった。

それでなくても韓人(からびと)のヌリノミのもとへ身を寄せている皇后の態度は、嫉妬から天皇に反逆するという「異心(いしん)」があると、誤解を招きかねなかった。

すっかり困ってしまったクチコとその妹のクチヒメ、それにヌリノミの三人は話し合いをし、天皇にこう報告することにした。

「皇后が韓人(からびと)の家にお出ましになったのは、ヌリノミの飼っている虫が、一度は這(は)う虫になり、一度は殻（繭(まゆ)）になり、一度は飛ぶ鳥となり、三通りに変わるとても不思

議なので、この虫を見るためお越しになったのであり、決して他意があってのことではございません」

つまり、皇后の行動は嫉妬のためからの異心（謀反の心）ではないというのである。

その報告を聞いた天皇はこう言う。

「それは不思議な虫だ。私も見にいこうと思う」

天皇はみずから足を運んで、皇后を迎えにいくという。それを知って皇后は機嫌を直したことだろう。また不思議な虫とは、蚕のことである。この虫を、ヌリノミは皇后に差し出して天皇を迎えた。

天皇はヌリノミの館の戸口に立つと歌を詠んだ。それに対して皇后も歌を返した。こうして天皇と皇后の仲違いは解消、皇后は天皇と一緒に難波へ戻ったのである。けれども天皇は同じ時期に、なおもヤタノワキ郎女を恋い慕って、こんな内容の歌を、はるばると八田（奈良県大和郡山市矢田町あたり）へ送り届けていた。

八田の野原に生える一本菅は、子どもを持たないまま、立ち枯れてしまうのだろうか。ああ惜しいことだ。言葉では菅原と言っているが、惜しいことだ、すがすがしい

女よ――。

よほど、皇后の留守の間に戯(たわむ)れ合ったことが印象的で、子どもを生んでほしいと思うほど、彼女の素晴らしさが脳裏に焼きついていたのかもしれない。

いずれにしてもヤタノワキ郎女(いらつめ)は天皇の歌に答えて、こんな内容の歌を返す。

八田(やた)の一本菅(ひともとすげ)は、一人でいようとかまいません。大君(おおきみ)(天皇)がそれでよいと言われるなら、私は一人でいようとかまいません――。

このヤタノワキ郎女の心根を思い、天皇はその名前を後世に残そうと、御名代(みなしろ)として八田部(やたべ)という皇族私有の部を定めた。まさに二人の恋の記念として定めたといえる。

そうまでさせたヤタノワキ郎女は、見た目はむろん、頭はもっと良いタイプの女性だったにちがいない。

*

丸邇臣(わにのおみ)は、大和国(やまとの)添上郡(そえかみ)和珥(わに)の地を出身地とする豪族で、のちに春日(かすが)に移って春日(かすがの)

臣と称しました。

日本の養蚕はきわめて古く、それは朝鮮からの渡来人の代表である秦氏によって伝えられたといわれます。

「部」というのは朝廷が所有・管理する民の技能集団で、居住地や職業によって編制されました。御名代とは、地方首長の領有民の一部を割いて、朝廷の経済的基盤として設定した「部」のことです。

異母妹メドリの反逆

次に仁徳天皇が惚れ込んだのは、ヤタノワキ郎女の妹にあたるメドリノ王（女鳥王）という、名前の美しい異母妹であった。またもや異母妹だが、腹違いの兄弟姉妹間の男女の肉体関係は許されていたのである。

天皇は、メドリを欲しいと望む気持ちを伝えようと、異母弟のハヤブサワケノ王（速総別王）を仲立ちにした。

じつはメドリ、その仲介役のハヤブサワケに思いを寄せていた。そのためメドリは、

ハヤブサワケにこう言う。

「皇后様の嫉妬がすごいとお聞きしています。姉のヤタノワキ郎女(いらつめ)をお召しになりながら、そばに置いておくこともできませんでした。どうしてそんな方のところに、私がお仕えできますか。そんなところへ行くくらいなら……」

私はむしろ、あなたの妻になりたい――。

（なんだって……）

いきなりの求愛に、ハヤブサワケは驚いた。同時に天皇を受け入れないメドリの大胆さと美しさに心を奪われたのだろう、たちまち欲望の虜(とりこ)になった。幾夜も、メドリを訪ねてはまぐわいした。そのため、ハヤブサワケは天皇にメドリの返事を持ち帰りづらくなってしまった。

いっぽう天皇はいつまでたってもハヤブサワケから報告がないため、メドリの返事がわからない。ついに自分の気持ちを抑えきれなくなって、みずからメドリの屋敷を訪れた。

（おや……）

戸口から中を覗いてみると、ちょうどそのとき、メドリは織り機に向かって布を織っているところだった。すると天皇はこんな内容の歌を詠(よ)んだ。

いとしいメドリノ王(みこ)、あなたの織っている織物は誰のためのものだろう――。

するとメドリは、こんな内容の歌を返した。

空高く翔(か)けるハヤブサ、あの方に着せたい衣をつくる布です――。

そうまではっきり答えられて、天皇は困惑したことだろう。

(むむ……)

そういうことであったのかと、ハヤブサワケが報告にこなかった事情を直感できた天皇はあきらめて宮殿に帰っていった。

入れ違いにハヤブサワケがメドリの屋敷にやってきた。何も知らないハヤブサワケに、メドリはこんな内容の歌を詠んで出迎えた。

天高く飛翔する雲雀（ひばり）のように、天高く飛ぶハヤブサよ、あのササギをとり殺しておしまいなさい——。

ササギはオオサザキノ命（みこと）（大雀命）、すなわち仁徳天皇のことである。

メドリの心情を察して大人しく宮殿に帰った天皇の耳に、やがてメドリの詠（よ）んだ歌の内容が入ってきた。

（さては……）

あの二人は謀反（むほん）まで企んでいるのかッ——。

そう天皇は思い、心底から激しい怒りが込み上げてきた。ただちに二人を討つため軍勢をメドリの屋敷に差し向けた。

それを知ってメドリとハヤブサワケの二人は倉橋山（くらはしやま）（奈良県桜井市の南にある山）に逃げ込んだ。この山は険しい山なのだが、ハヤブサワケはこのとき、メドリと登れば険しいとも感じない、などという歌を詠んでいる。

そこからさらに二人は逃げ延びるが、ついに宇陀（うだ）（奈良県宇陀郡）の蘇邇（そに）で天皇の軍隊に追いつかれて、殺されてしまう。

ササギは、雀より小さいミソサザイという鳥ですが、ここではオオサザキノ命（みこと）のことを指しています。

＊

◆皇后の強烈な気質

メドリノ王（みこ）とハヤブサワケノ王（みこ）を追討した軍の将軍は、山部（やまべ）のオオタテノ連（むらじ）（大楯連）という者であった。山部とは、朝廷直轄の山林を守ることを役目とする人たちのことだ。その中でもオオタテは有力な豪族（氏族）で、連（むらじ）という姓（かばね）（称号）を与えられていた。

じつはオオタテは、殺害したメドリの腕から玉釧（たまくしろ）（玉でつくった腕輪）を奪って、それを自分の妻に与えていた。

それから時がたって、あるとき宮中で酒宴が催された。このとき、各氏族の女たち

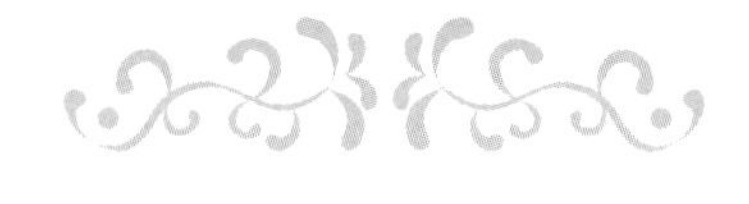

も招かれて参内した。

皇后のイワノヒメノ命が手ずから酒杯の柏の葉を取って、参列した女たち一人一人に与えた。

そのとき皇后は、

（あら、あれは……）

オオタテの妻がする腕輪に見覚えがあった。

（確か……）

天皇が腕に巻いていたもの――。

そう気づいた。

（しばらく見ないと思っていたら……）

メドリを討った追討軍の将軍の妻が腕に巻いているなんて――。

（ということは、あれをオオタテの妻に……いや違う）

メドリに与えていたのだ。そのメドリを殺したオオタテが、その遺体から盗んで妻に与えたのだ――。

そう判断した皇后は、オオタテの妻には柏の葉を与えず、ただちに退席するよう命じた。そしてオオタテを呼び出すと、こう言って激怒した。

「メドリノ王たちが殺されたのは、天皇に邪な心を抱いたからです。これは当然のことで怪しむべきことではない。それなのにお前は、なんともむごたらしいことをした。自分の主君にあたるメドリノ王の死体から、それも、まだ肌に温もりがあるうちに腕輪を取り上げて、自分の妻に与えるとは……」

こうしてオオタテはただちに死刑に処されたのである。

＊

皇后はイワノヒメ（石之日売。磐之媛とも）という名前の通り、岩のような心を持った強い女だったようです。

第十六代仁徳天皇は八十三歳で没しますが、五男一女をもうけています。そのうち三人の男子が天皇となりますが、いずれも嫉妬深い皇后イワノヒメの子どもで、長男イザホワケノ王（伊耶本和気王）が第十七代、三男ミズハワケノ命（水歯別命）が第十八代、四男のオアサヅマワクゴノ宿禰命（男浅津間若子宿禰命）が第十九代の天皇となります。二男スミノエノナカツ王（墨江中王）は、後述するように長男と皇位継承を巡る争いを起こし、殺されてしまいます。

仁徳天皇の段では、このあと天皇が日女島に行き、そこで渡り鳥の雁が卵を生んだという珍しい話から、長寿の大臣、タケシウチノ宿禰との歌のやりとり、それにまた、とてつもなく大きい木があって、それで船をつくって枯野と名づけた話や、この船が壊れると、船体を焼いて塩をつくったこと、また琴をつくったことなどが、歌を添えて語られていますが、本文の流れにかかわりがないので省略しました。

2　十七代履中天皇から十九代允恭天皇までの世の中

◇同母弟の謀反

第十六代仁徳天皇と皇后イワノヒメノ命（石之日売命）との間にできた長男イザホワケノ王（伊耶本和気王）は、父のあとを継いで大和の伊波礼（磐余。奈良県桜井市あたり）の若桜の宮で天下を治めることになる。すなわち第十七代履中天皇である。

だが、イザホワケがまだ即位しないで難波の宮にいる頃、こんな出来事が起きる。その年の十一月下旬、新嘗祭が行なわれ、その晩、酒宴が催された。新嘗祭は天皇が新穀を神々に供え、自身も食する儀式である。このとき即位の決まっていたイザホワケが天皇と同じことをしたのだろう。

いずれにしても、この酒宴でイザホワケはすっかり酒に酔って眠ってしまった。す

ると突然、御殿が燃え始めた。長男のイザホワケを焼き殺そうと、同母弟の二男スミノエノナカツ王《みこ》（墨江中王）が火を放ったのである。皇位継承争いの突発であった。瞬《また》く間に御殿は炎に包まれた。

けれどもアチノ直《あたえ》（阿知直）という家臣が、酒に酔いつぶれていたイザホワケをいち早く御殿から連れ出し、馬に乗せて大和《やまと》へ向けて一目散に走った。

河内《かわち》の多遅比野《たぢひの》（大阪府羽曳野《はびきの》市）あたりまでくると、イザホワケはようやく酔いが醒《さ》めて、真っ暗な周囲を見回しながらこう言う。

「ここは、どこだ」

アチノ直は事情を説明し、大和へ逃げるのだと答えた。同母弟の謀反《むほん》という事実を知らされて兄は驚き、心が震えたことだろう。その上、慣れない野宿もしなければならない。心身ともに寒々としてきたに違いない。

いずれにしてもイザホワケはこんな内容の歌を詠《よ》んだ。

多遅比野《たぢひの》で夜をあかすことがわかっていたら、夜風をさけるための、薦《こも》（むしろ）でも持ってきたものを――。

そこから河内の埴生坂まで逃げていき、その小高い坂の上から炎上する御殿を遠く眺めて、こんな内容の歌を詠む。

埴生坂に立って眺めると、ぼうぼうと燃える家々が見える。あそこは恋しい妻の家あたり――。

そこからさらに二上山（奈良県と大阪府の境にある金剛山地北部の山）の逢坂口（大坂口）までできたとき、一人の娘に出会った。娘はこう言う。

「武器を持った人たちがたくさん、待ち伏せしています。ですから遠回りをして、二上山の南を、当芸麻（当麻）へ出る道を行かれるほうがよいでしょう」

教えられた通りに山越えをして、イザホワケは大和に逃げ延び、石上神宮（奈良県天理市）に落ち着いた。

同母弟によって危うく焼き殺されそうになった兄は、この石上神宮に滞在することになるのだが、そこへ――。

◇手を汚さず兄を討つ

石上神宮に入った兄のイザホワケノ王のもとへ別の同母弟、三男のミズハワケノ命（水歯別命）が参上し、拝謁を申し入れてきた。

謁見を許したイザホワケは、ミズハワケにこう言う。

「お前も、スミノエノナカツと同じ心ではないのかと、私は疑っている。それゆえ、語り合うことはすまい」

するとミズハワケは、こう答えた。

「私は謀反の心など持っていません。スミノエノナカツと同じ心だなんて、とんでもありません」

すると兄は、

「ならば……」

お前はこれからすぐに難波に帰って、スミノエノナカツを討って戻ってくるがいい。そのときには必ず親しく語り合おう――。

そう、弟に言った。

そこでミズハワケはただちに難波に引き返し、

（さて、どう討つか……）

と策をめぐらした。心に浮かんだ考えは、スミノエノナカツの側近くに仕えるソバカリ（曾婆加里）という敏捷かつ勇敢なことで知られる隼人を、言葉巧みに欺くことだった。

ミズハワケは、ソバカリにこう話を持ちかけた。

「お前が私の命令に従うなら、私は天皇となり、お前を大臣として取り立てるから、一緒に天下を治めようと思うが、どうだ」

（なんだって、オレを大臣に……）

ソバカリは喜び、平伏しながら答えた。

「仰せの通りにいたします」

そんなソバカリを見下ろしながらミズハワケは、

（しめた……）

にんまりほくそ笑んだことだろう。ミズハワケはソバカリに多くの品々を与えて、

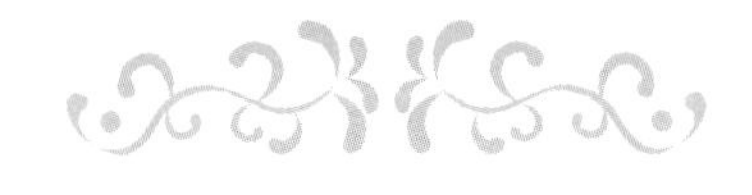

こう命じた。

「お前の主君であるスミノエノナカツ王を殺せ」

ソバカリはただちに動いた。スミノエノナカツが厠に入る隙をひそかにうかがい、一気に矛で刺し殺した。

こうして自分の手を汚すことなく兄のスミノエノナカツを討ち取ったミズハワケは、ソバカリを連れて大和へ向かった。

だが、その途中、ミズハワケはあれこれ思い悩んでしまうのである。

*

厠に入ったとき、その命を奪うのはオウスノ命、のちのヤマトタケルも、兄を殺すときにしています。厠で命が狙われやすいのは、大刀などの武具を解いているからだと考えられます。

◆隼人を騙し討ち

大坂山の上り口（河内から大和に通じる街道の、二上山の北の峠道の入り口）に着いたミズハワケノ命は、ソバカリを呼んでこう言った。

「今日はここに泊まって、酒宴を催し、明日、大和へ上ろう」

（酒宴……はて）

ソバカリが小首をかしげて、

「なんの祝いでしょうか」

そう聞くと、ミズハワケはこう答えた。

「お前に大臣の位を授ける」

しかし、まだミズハワケは天皇になっていない。それなのになぜ今、とソバカリは考えなかった。自分の願いが叶ったと思い、大いに喜んだ。

いっぽうミズハワケは、

（よし……これで）

事は思い通りに運ぶ――。

そう、安堵したことだろう。すぐに仮宮をつくり、ソバカリに大臣の位を授ける儀式を執り行なった。そして多くの役人たちに、大臣としてのソバカリをかわるがわる拝ませた。その上で、ミズハワケはおもむろに言った。

「大臣よ、今日は盃をともにしようではないか」

そこへ顔を隠すほど大きい酒盃が差し出され、酒が盛られる。まずミズハワケが先に飲み干した。そのあとにソバカリが飲んだ。飲み干そうとするソバカリの顔が、大きい酒盃に覆われた。そのとき——。ミズハワケは敷物の下に隠し置いてあった剣を素早く取り出すと、一気にソバカリの首を刎ねた。騙し討ちである。

これをしたミズハワケには理由があった。自分の手を汚さずに兄を討ったミズハワケは、ソバカリを連れて大和へ向かう途中、こんな思いに悩んだ。

(ソバカリは私のために手柄を立ててくれたが、自分の主君を殺したのは、人の道にそむくことだ。けれども手柄に報いないのでは、信義にもとる)

だが、約束を履行すれば、将来が恐ろしい。ああいう奴はまた人の道に外れることをするに違いない——。

そのような思いに悩んだ末、

(そうか。奴の手柄には報いてやって、約束は約束として果たし……)

そのあとで奴を殺せばいい——。

そういう結論にいたったのである。

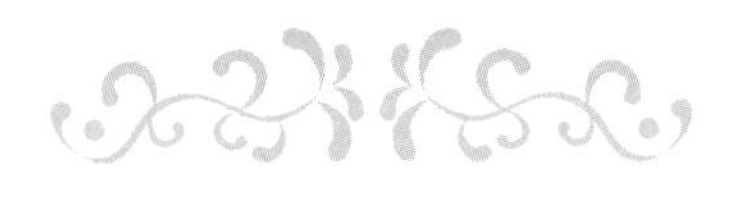

ソバカリの首を刎ねたミズハワケは翌日、大和に上った。穢れを祓うために禊の儀式をしてから石上神宮に参上したミズハワケは、兄のイザホワケノ王にこう報告した。

「すっかり平定し終えて参りました」

そこで兄は弟のミズハワケを身辺に召して、今後のことを親密に語り合った。

イザホワケは、炎上した宮殿から自分を助け出してくれた家臣、アチノ直を、蔵の官の役につけて褒美の領地を与えた。

こうしてイザホワケは若桜の宮で即位し、のちに履中天皇と呼ばれた。

履中天皇は六十四歳で没し、あとを継いだのはミズハワケで、のちに第十八代反正天皇と呼ばれる。

反正天皇は身の丈が九尺二寸半（二メートル八十センチ）、それに歯の長さが一寸（三センチ強）、広さが二分（六ミリ強）。上下の歯並びが同じように揃っていて、まるで珠を貫いたように見事であった。この見事な歯と歯並びが名前の由来である。

天皇はつごう、四人の子持ちであった。丸邇氏のコゴトノ臣（許碁登臣）の娘であるツノノ郎女（都怒郎女）を妻としてもうけた子、カイノ郎女（甲斐郎女）とツブラノ郎女（都夫良郎女）の二人と、同じ臣の娘であるオトヒメ（弟比売）を妻としてもうけたタカラノ王（財王）とタカベノ郎女（多訶弁郎女）である。

第十八代反正天皇は六十歳で没した。

*

ソバカリの首を刎ねた翌日に大和に上ったという件に、「それでその地を名づけて近つ飛鳥（大阪府羽曳野市）というのである」と記されています。これは難波の宮に近いことが理由のようです。

また大和に着いたミズハワケが、

「今日はここに泊まって禊をして、明日、参上して石上神宮を拝礼しよう」

と言ったので、「その地を名づけて遠つ飛鳥（奈良県高市郡明日香村）というのである」とあります。

ともにミズハワケが「明日」と発言したことからつけられたようです。近つ飛鳥の場合は、大和へ向かう途中、ソバカリを呼んで「今日はここに泊まり、明日、大和へ」と発言しています。

◇十九代允恭天皇

すでに述べたように、第十六代仁徳天皇の皇后で岩のような強い心を持った女、イワノヒメノ命（石之日売命）がもうけた四皇子のうち、三人が天皇となるのだが、三人目の第十九代允恭天皇となるのが、四男のオアサヅマノワクゴノ宿禰命（男浅津間若子宿禰命）である。

反正天皇の弟である允恭天皇は、遠つ飛鳥の宮で天下を治めた。

天皇は当初、皇位の継承を辞退した。壮年になって罹患した病があったからだ。けれども皇后を初め、多くの高官や側近くに仕える侍臣らに即位するよう強く求められたので、即位を受け入れたのである。

このとき、新羅の国王から八十一隻の船に満載された貢ぎ物が献上された。やってきた大使は、医学や薬学について詳しいコンハチンカンキム（金波鎮漢紀武）という名の王族の男で、この男が天皇の持病を診て、治療した。

病気の治った天皇は、かねて考えていた氏と姓の乱れを正し、明確にしようとする。

この乱れは国家秩序の混乱のもとになると、天皇は考えたからだ。

そこで天皇は、飛鳥の地にある甘樫丘（奈良県高市郡明日香村にある丘）に熱湯を沸かす釜を据えて、「探湯＝誓湯」の儀式を行なった。

これは誓約をしてから熱湯の中に手を入れさせることで、神意をうかがうというものだ。

天皇は大和朝廷が所有・管理する民の技能集団、いわゆる「部」の長（首長）に誓いを立てさせた。その上で釜の熱湯に手を入れさせたのだが、正しい先祖の名前などを告げている者は火傷せず、氏や姓を偽っている者は火傷するとされた。

こうやって国中の多くの部の長の氏姓を正しく定めることができた。

天皇は、皇后であるオサカノオオナカツヒメ（忍坂之大中津比売）との間に五男四女をもうけ、七十八歳で没した。

允恭天皇のあとを継ぐことになったのは、長男のキナシノカルノ王（木梨之軽王）である。

けれども、キナシノカルは即位しないうちにとんでもない「恋愛事件」を引き起こすのである。

誓約(うけい)とは、前にも出てきていますが、古代の占いの一つです。あらかじめ定めた二つの事柄のどちらが起こるかで、正邪を判定するという方法です。

ここでは、釜に手を入れて火傷するか否かで、その人が嘘をついているかどうかを判定したのです。

＊

◇同母兄妹の狂恋

第十九代允恭(いんぎょう)天皇が没したあと、世継ぎの約束されていた長男のキナシノカルノ王(みこ)は、あろうことか、まだ即位しないうちに、美しい同母妹のカルノ大郎女(おおいらつめ)(軽大郎女)と相思相愛の仲となって、こんな内容の歌を詠(よ)んだ。

山に田をつくり、高い山なので水を引くために地下に樋(ひ)(木や竹の長い管・細長い溝)を走らせる。そのように人目につかないよう、こっそり私が言い寄る女(ひと)に、私がひそかに慕い泣く女に、今夜こそ心ゆくまで肌に触れる——。

また、
笹の葉に霰（あられ）が激しく打ちつける音のように、たしかに激しい共寝をしたあとならば、あなた（世の人とも）が私から離れていってもかまわない。いとしいと思って寝さえしたら、刈り取った薦草（こもくさ）（イネ科の大形多年草）のように乱れに乱れ、寝さえしたら、二人が離ればなれになってもかまわない――。

というような歌を詠んだ。

異母の兄弟姉妹間で契（ちぎ）りを結ぶことは許されていたが、同母の場合はタブーである。それは常識外の淫（みだ）らな行ないであった。そのため、この「狂恋」を知った朝廷や官吏（かんり）など、人々の心は長男のキナシノカルから離れていき、三男のアナホノ御子（みこ）（穴穂御子）のほうへ移っていった。中には、

「キナシノカルは殺したほうがいいのではないか」

そんなことを洩（も）らす者もいたようだ。

いずれにしても人々はアナホに心を寄せるようになり、アナホを天皇の位に就けようという運動が始まる。

これではキナシノカルは皇位を継ぐどころではない。命の危険さえある。

キナシノカルは恐ろしくなって、オオマエオマエノ宿禰（大前小前宿禰）の家に逃げ込み、武器を準備した。

いっぽう多くの人々に心を寄せられ、期待されたアナホも武器を準備し、軍を起こしてオオマエオマエの家を包囲した。折しも激しい氷雨（雹または霙）が降ってきた。その氷雨を見やりながら、アナホはこんな内容の歌を詠んで呼びかけた。

オオマエオマエの家の門のかげに、みんな集まり雨宿り。そのうち氷雨も止むだろう。さあ出てきなさい――。

それを聞いて当のオオマエオマエが、手をあげ、膝をかわるがわる打ち、舞いながら出てきた。

このとき、オオマエオマエは自分の家臣たちに、騒いではいけないという歌を詠む。

そして、アナホにこんなことを言う。

「御子さま。同母の兄に兵をお差し向けなさいますな。もし兵をお向けなさるなら、世の人々がなんと言いますやら。私が捕らえてお引き渡しいたします」

そこでアナホが兵を退くと、オオマエオオマエは約束通り狂恋に走ったキナシノカルを捕らえてきて、アナホに差し出した。

◇優しくて激しい恋の歌

捕らえられたキナシノカルノ王は、こんな内容の歌を詠んだ。

軽の少女よ。お前があんまり泣くと、人々が私たちの仲を知ってしまう。だから波佐の山の、山鳩のように、忍び泣きに泣くのです――。

捕らえられてもキナシノカルは、愛の対象である妹を恋い慕う気持ちを変えなかった。そんな兄のキナシノカルを、弟のアナホは島流しに処した。伊予（愛媛県）の温

泉（道後温泉。松山市）に追放したのである。

キナシノカルは流罪に処されたときにも、こんな内容の歌を詠む。

空を飛ぶ鳥も、恋の使いだ。鶴の鳴き渡る声が聞こえたら、私の名を言って私のことを尋ねておくれ――。

古代、鳥は人の霊魂や言葉を運ぶ使者と信じられた。だから愛する妹へメッセージのような歌を詠んだのだろう。またこんな歌も詠む。

私を島流しにしても、私は帰ってこよう。留守の間は、私の畳はそのままにして汚さぬよう、気をつけよ。言葉では畳というが、実はわが妻（妹）を決して汚れぬように守り残しておいてくれ――。

当時、人が旅に出たあと、家人はその畳に手をつけず、そのままにして潔斎（心身を清らかにしておくこと）して待つという風習があった。これを守らないと旅に出た人の身に異変が起こると信じられたという。だからキナシノカルは愛する妹を畳にたとえたのである。

いっぽう妹のカルノ大郎女も、狂おしい思いに我慢できず、四国に追放された兄の身を思いはかって、こんな内容の歌を詠む。

夏草の茂るあいねの浜は、足に危ない牡蠣の貝がらの多いところです。足を踏み入れて怪我をなさいますな。夜明けを待って、お通りなさい――。

あいねの浜を通るのは夜が明けてから通るようにと、戻ってくるときの注意を優しく促して、妹は兄の帰りを待った。

けれども、兄はなかなか戻ってこない。とうとう妹は待ちきれずに伊予国まで迎えにいく決心をする。そのときこんな内容の歌を詠む。

あなたが去って、あまりに長い月日がたちました。とても待ちきれません。山を越え、迎えにまいります。今すぐに――。

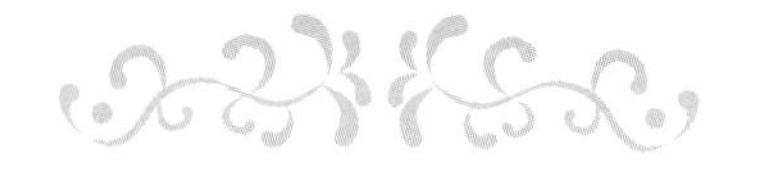

こうして兄のもとにたどり着いたとき、キナシノカルはとてもなつかしがり、愛する妹にこんな内容の歌を詠む。

隠れ住まいの泊瀬の山（奈良県桜井市初瀬の山）の、大きな峰に幡（旗）を立て、小さな峰にも幡を立て、大きい峰と小さい峰のように、仲も定まった私のいとしい女よ、部屋のすみに飾った弓も、いざとなれば手に取るように、わが手に取った妻はいとしい――。

さらにまた、

隠れ住まいの泊瀬の川で、上流の瀬にも下流の瀬にも杭を打ち、その杭に鏡を懸け、真玉を懸け、その玉のように大切に思う女よ。その鏡のように大切に思う女よ。その女がこの世に生きているのなら、故郷へも帰るだろう、遠い国をもしのぶだろう。私はあの女のいない故郷へ帰ろうとは思わない――。

と、このように激しく高ぶった感情を歌ってから、兄は妹とともに死んでしまった。心中である。

＊

兄のキナシノカルが狂恋に陥った相手、同母妹のカルノ大郎女（おおいらつめ）のもう一つの名を、ソトオシノ郎女（いらつめ）（衣通郎女または衣通王とも）と言います。彼女の色つやのよい肌が、衣の外まで光り輝いて見えるほどだったからです。

そんな玉肌の持ち主である妹に恋をし、その虜（とりこ）となった兄を、妹は受け入れてしまいました。そのためタブーの近親相姦となって、兄は皇位と妹と自分の命を、妹は兄と自分の命を、失うはめになったのです。

3 二十代安康天皇の世の中

◇勅命による結婚

前述したように、第十九代允恭天皇には、オサカノオオナカツヒメ（忍坂之大中津比売）との間に五男四女の子どもがいた。

けれども長男のキナシノカルノ王（木梨之軽王）は同母の妹と恋に陥って近親相姦という罪を犯し、三男のアナホノ御子（穴穂御子）に追いつめられて島流しとなり、当地で妹と心中した。そのため、允恭天皇のあとを継いだのは三男のアナホであった。のちになって第二十代安康天皇と呼ばれる。

安康天皇は、石上の穴穂の宮（奈良県天理市にあったといわれる）で天下を治めた。天皇は同母弟のオオハツセノ王子（大長谷王子。のちの雄略天皇）を可愛がっていた。また、兄のキナシノカルの「狂恋」のことが頭にあったのだろう。弟のオオハツセの妻選びに積極的に動いた。

ある日、仁徳天皇の子であるオオクサカノ王（大日下王）のもとに家臣のネノ臣（根臣）を派遣し、こんな伝言をした。

「あなたの妹のワカクサカノ王（若日下王）を、私の弟のオオハツセと一緒にさせたいと思うので、よろしく取り計らってください」

安康天皇は叔父にあたるオオクサカに丁寧に用件を伝えた。

使者の口上を聞いたオオクサカはうれしがり、四度も頭を下げるという丁重な礼をしてから、使者にこう言った。

「もしや、こういうこともあろうかと思い、それで妹を外へは出さずにおきました。実におそれ多いことです。勅命（天皇の命令）に従い、妹を差し上げましょう」

しかもオオクサカは言葉だけの返事では失礼に当たると思い、承諾のしるしに妹の奉り物（貢ぎ物）として、押木の玉縵を使者のネノ臣に渡して帰らせた。

この件は、しかしこれで落着とはならなかった。後述するような、悲惨な出来事が次々と起こる。

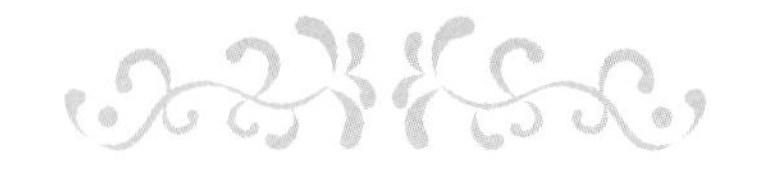

押木（おしき）の玉縵（たまかずら）とは、木の枝の形をした飾りのある金製（あるいは金銅製）の装身具で、多くの勾玉（まがたま）を緒（お）で連ねて頭に飾るものです。

＊

◆殺人の連鎖

安康（あんこう）天皇の使者として派遣されたネノ臣（おみ）は、オオクサカノ王（みこ）から渡された貢ぎ物の玉縵を天皇には差し出さず、自分のものにしてしまう。横取りである。

その上、ネノ臣はオオクサカを陥れようと事実をまげて、天皇にこう悪し様に告げ口をした。

「オオクサカノ王は勅命（ちょくめい）を鼻であしらった上、同族の者に自分の妹を敷物同然にくれてやれるものかと言い、大刀（たち）の柄（え）を握り、たいそう怒っておりました」

（なんだとッ……）

不快な気分に陥った天皇は大いに恨（うら）みを抱き、ついに軍を起こしてオオクサカを攻め殺してしまう。これが悲惨な出来事の最初である。

このときオオクサカは、

（なぜだッ）

そう、思ったことだろう。ネノ臣の讒言など知る由もないからだ。

安康天皇がネノ臣の讒言にあっけなくはまったのは、オオクサカが謀反を起こすのではないかと恐れていたからかもしれない。

なぜなら、これまで見てきたように仁徳天皇以後、皇位は兄弟間で相続されるようになった。だから仁徳天皇の子であるオオクサカも正妻（皇后）の子ではないが、その資格がある。けれども仁徳天皇のあと、皇位に就いたのは正妻の御子たちばかり。允恭天皇のあとを継いだ安康天皇もそうである。

それゆえ安康天皇はオオクサカがその立場を利用して皇位を狙いにくるのではないかと、深読みしたのかもしれない。

いずれにしてもオオクサカを攻め殺した天皇は、その正妻であるナガタノ大郎女（長田大郎女）を奪い取ってきて、自分の皇后としてしまう。

このナガタノ大郎女にはしかし、殺されたオオクサカとの間にもうけた男子、マヨワノ王（目弱王）がいた。

マヨワは殺されず、母親とともに安康（あんこう）天皇のもとに連れられてきていた。

ある日のこと――。

天皇は神託（しんたく）を受けるため、神殿の神床（かむとこ）に入ったが、そこでうとうと昼寝をしてしまう。このとき天皇は皇后のナガタノ大郎女（おおいらつめ）に向かって、

「なにか、心の中で気になっているところがあるか」

と聞いた。すると、皇后はこう答えた。

「寵愛（ちょうあい）を受け、なんの気になることがございましょう」

そんなやりとりをしている、ちょうどそのとき、天皇のいる神殿の床下では、皇后の連れ子である当年七歳になるマヨワが遊んでいた。

だが、そんなことを知る由もない天皇は、皇后にこう言う。

「私にはいつも気になっていることがある」

（はて……）

それはなんでございましょう――。

と、皇后は天皇に真顔を向けたことだろう。天皇はこう言った。

「お前の子のマヨワが大きくなったとき、父親を殺したのが私だと知ったら、反逆の心を起こすのではないだろうかと、それが心配なのだが」

　この天皇の言葉を、神殿の床下で遊んでいたマヨワはすっかり聞いていた。

（なんと、そうであったのか。討たずにおくものか――）

　マヨワは天皇の隙をうかがった。天皇が神床でぐっすり眠り込んで、母である皇后が神殿から下がるのを待った。頃合いを見計らって中に入ると、かたわらにあった大刀を手に取り、眠っている天皇の首を打ち斬った。これが悲惨な出来事の二番目である。

　天皇は当年、五十六歳であった。その天皇の寝首を掻いたマヨワは、葛城の豪族ツブラオホミ（都夫良意富美）の館に逃げ込んだ。

＊

　安康天皇は神託を受けるための「神床」で昼寝をしました。その近くに皇后もいて会話をしています。ですから天皇がマヨワに殺されたのは、神床の神聖を冒したことに対する神罰だったという説があります。

　当時の神殿（御殿）は高床式であったと考えられますので、七歳のマヨワが床下で

遊んでいたことは十分にあり得ることだそうです。

◆兄二人の惨殺

兄の安康天皇が、妻を世話してくれると思っていた同母弟のオオハツセノ王子はまだ少年である。

けれども、兄が殺されるという悲しみと怒りのため、いても立ってもいられなかった。ただちに別の同母兄のクロヒコノ王（黒日子王）のところへ走って、こう訴えた。

「天皇が殺されました。どうしましょう」

ところが兄のクロヒコは別段、驚きもしなかった。いい加減に思っているようで、煮え切らない態度をとった。

（なんて、奴なんだ……）

怒りが込み上げてきたのだろう。オオハツセは、

「殺されたのは天皇ですよ。しかも兄弟であるというのに、どうして頼もし気もなく、どうして驚きもせず、そんないい加減な態度でいるのですかッ」

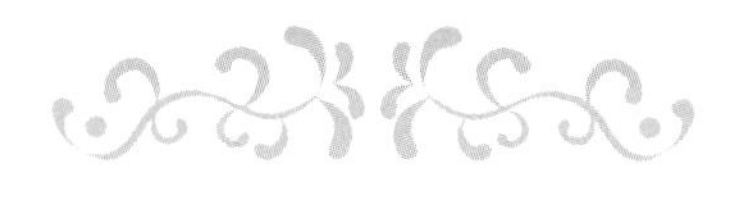

そうののしると、ただちにクロヒコの襟首（えりくび）をつかんで引きずり出し、刀を抜いて打ち殺してしまった。これが悲惨な出来事の三番目である。

次にオオハツセはもう一人の兄、シロヒコノ王（みこ）（白日子王）のところへも行き、事情を話すが、シロヒコも前の兄と同じ態度をとった。そのため即座に襟首をつかんで小治田（おはりだ）（奈良県高市郡明日香村）まで連れてくると、穴を掘って、その中に立たせたままの状態で生き埋めにした。腰まで埋めたとき、シロヒコの両目が飛び出してきて、そのまま死んでしまった。これが悲惨な出来事の四番目である。

こうなれば、兄（天皇）の仇を討つのはオオハツセしかいない。

ついにオオハツセは軍を起こし、マヨワノ王（みこ）が逃げ込んだツブラオホミの館（やかた）を包囲する。

いっぽうマヨワをかくまったツブラオホミも軍を起こし、応戦の構えをとった。

こうして両軍はしばらくの間、矢を射かけ合い、互角の戦いを続けていたのだが、やがて形勢はオオハツセに有利となった。

そこでオオハツセは矛（ほこ）を杖のように地面について、ツブラオホミの館の中の様子をうかがいながら、こう大声で言った。

「私がもらうはずになっていた乙女も、この屋敷にいるのではないのかッ」

この声を聞いてツブラオホミはみずから門の外まで出てくると、身に着けていた武器を地面に置いた。そして八度も頭を下げてからこう言った。

「先日、あなた様が家にきて求婚された私の娘のカラヒメ（訶良比売。韓比売とも）は差し上げましょう。それに五カ所の倉も献上します」

戦い続ければ、娘のカラヒメも命を失うことになる――。

そう、観念したのだろう。けれどもツブラオホミは、続けてこんなことを言う。

「しかし、私はあなた様に降参するわけではありません。昔から今にいたるまで、臣下の者が主君の御殿に逃げ込んだ例は聞きますが、皇子の身で臣下のところへ逃げてきたということは聞いたためしがございません。思いますに、このたびの戦いは私がいくら全力で戦っても、あなた様には勝てません。だからといって私を頼ってこの屋敷に逃げ込んでいらしたマヨワノ王を、たとえ私は死んでもお見捨てするわけにはまいりません」

そう言ってツブラオホミは地面に置いた武器をまた手に取って屋敷の中に戻ると戦い続けた。

けれどもついに矢も力も尽きてしまって、ツブラオホミはマヨワノ王にこう言う。

「私は痛手を負い、矢も尽きました。もう戦うこともできないでしょう」

すると、まだ幼いマヨワノ王が答えて言うには、

「それなら、致し方ない。私を殺してくれ」

（……）

しばしの間があったことだろう。しかし、ツブラオホミは少しもためらわなかった。手にした大刀でマヨワノ王を刺し殺し、そのあと自分の首もかき斬って果てた。これが悲惨な出来事の五番目である。

◇従兄弟同士の殺し合い

オオハツセノ王子が、兄の仇のマヨワノ王を討ち取ってから、のちのことである。オオハツセのもとへ、淡海国（近江国）に住むカラブクロ（韓袋）という名の者がやってきた。オオハツセを狩りに誘い出しにきたのである。

「近江の蚊屋野に猪や鹿が、それはもうたくさんいます。その数の多さといったら、

その立っている足はすすき原のようであり、頭の角は枯れた松の枝のようです」

そのように見えるほど、猪や鹿が多く集まっていると、カラブクロは言った。

そこでオオハツセは、従兄のイチノベノオシハノ王（市辺之忍歯王）と一緒に近江へ狩りに出かけることにした。

じつはオオハツセは兄の安康天皇が、自分のあとを同母弟ではなく、この従兄のオシハに継がせるつもりでいたことを知っていた。それだけに内心、オシハに不快感を抱いていた。

蚊屋野に着くと、その日はそれぞれ仮宮をつくって泊まった。


翌朝――。

まだ日も上がらない未明のうちに、オシハはいつも通り馬に乗ってオオハツセの仮宮のそばにくると、オオハツセの従者にこう告げた。

「オオハツセノ王はまだ目を覚まさないのか。ただちに伝えてくれ。もう夜は明けた。狩り場へお出かけくださいい、とな」

オシハは馬を返して、狩り場へ走った。

オオハツセの従者は、オシハの物の言い方が気に入らなかったようで、オオハツセにこう言う。

「オシハノ王(みこ)は、おかしなことをおっしゃるお方です。まだ暗いというのに、急いでお出かけでした。お心を許されぬようお気をつけください」

何が起きるか知れたものではない、というのである。

安康天皇を失った今、そのあとを継ぐのは誰なのか。安康天皇の遺志からすれば、オシハである。オオハツセの二人の兄も、そのことを知っていたから、天皇が殺されても、その仇討ちより、自分たちの皇位継承を企んでいたのかもしれない。

いずれにしてもオオハツセは衣の下に鎧(よろい)を着け、弓矢を携行、馬に乗って出かけた。たちまちオシハに追いつき、馬を並べて進んだ。

オオハツセはちらちら、横目で馬上のオシハを見ていたのだろう。オシハの隙(すき)を見澄まし、いきなり弓に矢をつがえて射った。

どどっと、落馬するオシハ。そのオシハの体を、オオハツセは大刀(たち)でバラバラに斬り離し、飼葉桶(かいばおけ)の中に投げ込んで、ひそかに土と一緒に埋めてしまった。これが悲惨な出来事の六番目である。

この凶報を聞いて、まだ幼いオシハの二人の息子、オケノ王（意祁王）とヲケノ王（袁祁王）は、自分たちの身も危ないと考え、すぐに逃げ出した。

その途中、兄弟が山城国の苅羽井という土地に着いて乾飯を食べていると、顔に入れ墨をした老人が現われ、彼らの乾飯を奪った。

「何をするッ」

欲しければやろう。乾飯は惜しくない。けれどもお前は一体、何者なのだ——。

そう問うと、

「私は山城の猪甘（豚飼い）だ」

と、老人は偉そうに言う。

（なんだって……）

豚飼いごときに無礼なまねをされて——。

そんな思いだったかもしれないが、逃亡の身とあれば、事を荒立てるわけにはいかない。

（いつか、この仕返しはしてやる……）

そんな思いでいたことだろう。

兄弟はそこから、さらに玖須婆（大阪府枚方市楠葉）の川を渡って播磨国（兵庫県南西部）へ入った。そしてこの地の住人であるシジム（志自牟）という者の家に、身分を隠してやっかいになり、それぞれ馬飼い・牛飼いに姿を変えた。

いっぽうオオハツセは兄の安康天皇のあとを継ぐことになるのである。

＊

オシハノ王の二人の息子は後述するような事情から、弟が第二十三代、兄が第二十四代の天皇として復権、さまざまな報復をします。

シジム（志自牟）というのは、地名（「縮見」）に基づいた人名といわれます。「しじみ」は志染、兵庫県三木市志染町のことのようです。

4　二十一代雄略天皇の世の中

◆恋の始まり

従兄のオシハノ王を殺したあと、オオハツセノ王子（大長谷王子）はオオハツセワカタケルノ命（大長谷若建命）と名を改めて、安康天皇のあとを継ぎ、泊瀬（奈良県桜井市初瀬）の朝倉の宮で天下を治めた。のちになって第二十一代雄略天皇と呼ばれる。

ある日――。

天皇は生駒山を越えて河内へ出かけた。ある娘に求愛するためである。途中、生駒山の頂きから国土を望み見ると、屋根に堅魚木をのせている屋敷があった。堅魚木とは、屋根の葺き草の散乱防止や飾りつけのために、棟木の上に棟木と直角に並べた鰹

の形をした木のことである。

（うむ、見事な堅魚木……）

そう思った天皇は、あれは誰の屋敷かを尋ねさせたところ、志幾（河内国志紀郡＝大阪府柏原市あたり）の大県主（大豪族）の屋敷とわかった。

それにしてもと、天皇は思う。

「あいつは、自分の屋敷を天皇家の宮殿に似せてつくっている。はなはだ不遜な奴ではないか」

そう言って、ただちにその屋敷を焼き払うよう命じた。

それを知った屋敷の主はすっかり恐れ入って、深く頭を下げてこう言う。

「私は卑しい者なので、つい身分不相応なことをしてしまいました。なにとぞ、お許しください」

さらに、お詫びのしるしに贈り物を献上するという。

やがて同じ一族のコシハキ（腰佩）という者が白い犬の綱を取ってやってきて、その犬を天皇に差し出した。犬には布が着せられ、鈴がつけられていた。

天皇はその犬を気に入ったのだろう。豪族の屋敷に火をかけることをやめて、犬を連れて生駒山を越えた。そして訪ねていった先は、ワカクサカノ王（若日下王＝若日下部王）という娘のところであった。

この娘はかつて安康天皇が弟のオオハツセ（雄略天皇）に世話しようとした娘で、オオクサカノ王の妹である。

天皇は、自分が殺したオオクサカの妹のことを忘れていなかった。白い犬をワカクサカのところへ行って贈り、従者を通してこう伝えた。

「ここにくる途中で、手に入れた珍しい犬だから、これを結納の品とする」


いっぽうワカクサカは天皇から差し出された結納の品を見て、

（まあ、天皇みずからこちらへ……おそれ多いこと）

とは思ったけれど、侍女にこう奏上させた。

「東にある大和国から、日に背を向けて河内へいらっしゃるのはたいそう不吉なことです。いずれ私のほうから参上いたします」

そう伝えて、会おうとはしなかった。兄を殺された妹にしてみれば、天皇とはいえ、おいそれと従うわけにはいかなかったのだろう。

そのため天皇は朝倉の宮に帰ることになったが、生駒山の峠に通じる坂の上で、次のような内容の歌を詠んだ。

日下部のこちら側（大和側）の山（生駒山）と、あちら側の平群の山（奈良県生駒郡平群町西方の山）との、峡谷に繁茂している葉の広い大きな樫の木。その根元にはひっそり竹が生え、末のほうには繁った竹が生えている。そのひっそり竹のようにひそかにも寝ず、繁った竹のようにしっかりと共寝もしない。けれども将来はきっと抱き合い、共寝をしよう。ああいとしい妻よ——。

この歌を、天皇はワカクサカの使いの者に持たせて帰した。

のちに天皇はワカクサカを妻にするが、子はできなかった。

また天皇は、ツブラオホミ（都夫良意富美）の娘、カラヒメ（訶良比売。韓比売とも）を妻とし、シラカノ命（白髪命）とワカタラシヒメノ命（若帯比売命）の、一男一女をもうけた。そして皇太子のシラカの御名代として白髪部を定め、皇太子の生活の資用（元手）にあてた。

＊

「日に背を向けて行くのは不吉」とは、日の神、天照大御神の子孫である雄略天皇が、それに背中を向けるのはよくないという意味のようです。

この段には地名縁起も記されていて、この天皇の時代、渡来した呉人（中国の呉国の人）を飛鳥の原に置いたので、その地を名づけて呉原（奈良県高市郡明日香村栗原あたり）という、とあります。

◆赤猪子

あるとき、雄略天皇は遊びに出た。ぶらぶらと三輪川（三和川。奈良県桜井市の西）のほとりを歩いていると、川で衣服を洗っている乙女に出会った。

（おや……）

なんと美しいのだろう——。

見蕩れてしまいそうな乙女の美しさに、

「お前は、誰の子か」

と声をかけた。乙女はこう答えた。

「私の名は、引田部（ひけたべ）のアカイコ（赤猪子）と申します」

すると天皇は、

「近いうちに宮中に召すので、お前は誰に乞われても嫁（とつ）がないでいなさい」

そう告げて、朝倉の宮に帰った。

アカイコは天皇の言葉を信じて誰にも嫁がず、ひたすら天皇からの呼び出しを待ち続けた。そして、とうとう八十年が過ぎてしまった。

（お召しの言葉を待って八十年。もはや体もやせ萎（しぼ）み、きれいな少女ではないのだから、呼び出される望みもなくなってしまったけれど……）

これまで待ち続けていた私の気持ちを、天皇にお伝えしないでは気が晴れない――。

そう思いいたって、たくさんの献上の品物（婚取りにさいして女のほうから贈る結納の品）を従者に持たせて参内した。

すっかりアカイコのことを忘れていた天皇は、

（はて、この老婆は何者か……）

そう思って、

「いったい、お前はどこの婆さんかね。どういうわけで、たくさんの品物を持って宮中に参上したのだ」

と尋ねた。アカイコは自分のやせ萎んだ体を思い、

（やはり……私のことなど）

お忘れになっている――。

そう小声で呟いたことだろう。天皇に、こう答えた。

「ある年のある月に、いずれ呼ぶから待てとお言葉をいただき、お召しを待つうちに八十年がたってしまいました。今はもうすっかり年老いて、お召しにあずかる望みもなくなりましたが、気持ちだけはお伝えしようと思い、結納の品を持って参上いたしました」

これを聞いて天皇は驚き、

「ああ、私はすっかり以前に言ったことを忘れていた。それなのにお前は志を固めて変えず、女としての盛りの年をむなしく過ごしてしまったのは、あわれである」

そう言い、内心、まぐわいすることも考えるのだが、この老婆に男女の営みは無理だろうと、歌を詠んで贈った。こんな内容の歌である。

三輪の社（やしろ）の樫（かし）の木、その神聖な樫の木のように、神聖で近寄り難い、三輪の樫原（かしはら）の乙女は——。

また、こういう内容の歌も詠（よ）んだ。

引田（ひけた）の若い栗の木の野原、そのように若い頃に、お前と共寝をすればよかったものを、今はすっかり老いてしまった——。

これらの歌を贈られたアカイコはぼろぼろと涙を流し、着ている赤い摺（す）り染めの衣の袖（そで）をすっかり濡らしてしまった。それからアカイコは天皇の歌に答えて、こんな内容の歌を詠んだ。

三輪の社（やしろ）に築いた玉垣（たまがき）、神に仕（つか）えて、盛りもすぎて、誰を頼りに生きたらよいのでしょうか。社に仕える巫女（みこ）は——。

また、こんな内容の歌も詠んだ。

日下の入江に、美しく咲いている蓮の花。そのように体力のある若い盛りの少女たちが、年老いた身にはうらやましい――。

結局、天皇はアカイコにたくさんの贈り物の品々を与えて帰したのである。

*

引田部は、大和国城上郡（奈良県桜井市初瀬付近）の部民で、神社の祭祀に当たっていたらしい。アカイコは、この付近に多い猪にちなんだ名前のようです。猪は霊獣とされていたので、赤猪子には「巫女」としての一面が見られるといわれます。

三輪の樫原の乙女とは、むろんアカイコのことです。

八十年待ったとありますが、恐ろしく長い年月です。この八十というのは、じつは八十神、八十島、八十国というような、単に数の多いことを表わすための言葉であって、数学的な実数を表わしたものではないといわれます。

◇吉野の乙女

またあるとき、雄略天皇は吉野の離宮に出かけた。そのとき吉野川のほとりに一人の乙女がいた。

美しい容姿に心を奪われた天皇はすぐに声をかけて、まぐわいした。肉体的交わりを結んだのである。それから朝倉の宮に帰った。

けれども天皇はその乙女が忘れられなかったのだろう、再び吉野へ行幸して乙女を呼び出した。このとき天皇は前に乙女と出会った場所に、足を組んで座る台（呉床）をつくった。そして、そこに座って天皇は琴を弾き、呼び出した乙女には舞いを舞わせた。

（おお、なんと見事な舞いであることか……）

天皇は乙女の巧みな舞いに喜んで、こんな内容の歌を詠んだ。

神は呉床に座っている、その手ずから弾く琴に合わせて舞う乙女の舞いよ、いつの世までも、このままであってほしいものだ――。

それからまた、近くの野に出かけて狩りをしたとき、天皇が呉床(あぐら)に坐っていると、虻(あぶ)が飛んできて天皇の腕に食いついた。そこへ蜻蛉(とんぼ)が飛んできて、その虻を食って飛び去った。

（なるほど……）

蜻蛉まで私に奉仕するではないか――。

そう天皇は面白がって、こんな内容の歌を詠(よ)んだ。

吉野の山々に猪や鹿が潜(ひそ)んでいると、誰が天皇に奏上したのか。天皇が呉床(あぐら)に座って獲物を待っていると、白い衣の袖で隠している腕の内側の肉に虻(あぶ)が食いつき、その虻をすぐに蜻蛉(とんぼ)がくわえていく。そういうことであるなら、蜻蛉を名につけよう、大和(やまと)の国を蜻蛉島(あきず)と――。

＊

「あきず」というのは、「とんぼ（蜻蛉）」の古名です。

◇ヒトコトヌシノ大神（おおかみ）（一言主大神）

あるとき、雄略（ゆうりゃく）天皇は葛城山（かつらぎさん）（大阪府と奈良県の境にある山）に登った。

その山の上で、天皇は大きな猪と出くわした。すぐさま鏑矢（かぶらや）を弓につがえ、射った。

鏑矢とは、前にも出てきたが、鹿の角や木で蕪（かぶら）（カブの別名）の根のような形につくり、それを鏃（やじり）の後ろにつけた矢のこと。中をくりぬいて数個の穴があけられているので、射たときに風を切って音をたてる。それで鳴り鏑ともいう。

この矢を射ったのだが、射止めそこなった。手負いの猪は怒ってうなり声をあげ、猛然と天皇に突進してくる。恐れた天皇は近くの丘の榛（はり）の木によじ登って逃げた。

このとき、天皇はこんな内容の歌を詠（よ）んだ。


天下を治めるわが天皇が射った猪は、手負いとなり、怒ってうなるのが恐ろしく、私は近くの丘の榛の木の枝に逃げて登った――。

　こうして助かった天皇は、後日、また葛城山に登った。このとき随伴する大勢の官人たち全員に、紅い紐をつけた青摺りの藍色の衣服を与え、着せていた。

　ふと顔を上げると、

（おや、あれはなんだ……）

　向こうの山の尾根を、山頂めざして登っていく行列がある。それも、衣服といい、随伴する人たちの顔形といい、天皇の一行とそっくりであった。

（むむ……）

　瓜二つであることに、ぎょっとしたことだろう。天皇はただちに従者をやって、こう尋ねた。

「この大和国に私のほかに天皇はいないはずだが、私とそっくりのその行列は誰のものか」

　すると驚いたことに、向こうもこちらとまったく同じことを言ってよこした。天皇の尋ねた言葉とまったく同じ言葉である。

（無礼な奴ッ）

　怒った天皇はすぐさま、矢を弓につがえた。それを見て随伴の者たち全員が、矢を

放つ用意をした。

（やや……）

なんと向こうも全員が弓に矢をつがえた。そこで天皇は、再びこう尋ねさせた。

「それでは、そちらの名を名乗れ。その上で、互いに矢を放とう」

それに答えるように、向こうから声が返ってきた。

「先に問われたから、私のほうから先に名を告げよう」

私は悪いことも善いことも、ただひと言でお告げを下す葛城のヒトコトヌシノ大神である――。

（一言主大神）

（なに……）

ひと言で、凶事も吉事も決定する神と聞いて、天皇はすっかり恐れ、かしこまった。

「おそれ多いことです。大神がお姿をお見せになるとは存じ上げませんでした」

どうか、お許しください――。

そう、天皇は謝罪した。それから自分の大刀や弓矢をはじめとして、随行の官人たちの弓矢や大刀、それに着ている衣服まで脱がせて、大神に差し出した。

それを見たヒトコトヌシノ大神は喜んだ。ぽんッと手を打ち、感謝の意を表わす所

作をしてから献上品を受け取った。

そのヒトコトヌシノ大神は、天皇が葛城山(かつらぎさん)から皇居に帰るときにも現われ、一行を泊瀬(はつせ)の山の入り口まで見送った。

こういうわけでヒトコトヌシノ大神が、このとき初めて人の姿で現われたのである。

*

行幸(ぎょうこう)（天皇のお出かけ）の列とそっくりの行列が、ヒトコトヌシノ大神のものであったというのは、裏を返せば、天皇は神と等しいということのようです。

◇衰えない乙女への恋心

ある日、雄略(ゆうりゃく)天皇は丸邇(わに)のサツキノ臣(おみ)（佐都紀臣）の娘であるオドヒメ（袁杼比売）に求愛するため、春日(かすが)（奈良市の東）へ出かけた。その途中で、オドヒメと出会った。

けれどもオドヒメは行列を見つけるとすぐに、

（あの行列は……）

行幸の列に違いないと察し、恥ずかしがって逃げ出し、丘のそばに隠れてしまった。

それを知って天皇はこんな内容の歌を詠んだ。


鉄の鋤が五百丁もほしい。その鋤で乙女の隠れている丘をはねのけて、乙女を見つけ出すものを――。

このとき、天皇はオドヒメと契りを結べなかった。それだけに乙女への恋心は一向に衰えなかった。


ある秋の一日、長谷の郊外で新嘗祭の酒宴を催したときのこと――。

よく繁った欅の紅葉が秋の日に映えて美しい。

伊勢国の三重から采女（女官）として遣わされた少女が、酒杯を高く捧げ、天皇に差し出した。そのとき欅の枝からはらはらと葉が落ちてきて、少女の捧げ持つ酒杯に浮かんだ。それに気づかなかった少女は、そのまま酒杯を天皇に差し出した。

（むむ……これは）

酒杯に浮かぶ落ち葉を見た天皇はかっとなって、

「無礼者ッ」

と、いきなり少女を打って倒し、その首に大刀を当てて斬り殺そうとした。

すると少女は天皇を見上げるようにして、

「私を殺しなさいますな。申し上げることがございます」

そう言い、こんな内容の歌を詠んだ――。


纏向の日代の宮殿は、朝日の照り輝く宮殿、夕日の光り輝く宮殿。竹の根が張り、木の根が延びている宮殿。たくさんの土をつき固めて地盤とした宮殿。檜づくりの宮殿の、新嘗祭を執り行なう御殿に生い立っている良く繁った欅の枝。その上の枝は天を覆い、中の枝は東の国を覆い、下の枝は田舎を覆っている。上の枝の葉は中の枝に落ちて触れ、中の枝の葉は下の枝に落ちて触れ、下の枝の葉は三重の采女の捧げている酒杯に落ちて脂のように浮き漂い、水をこおろこおろとかきならし、浮かんでいる。これこそ、天の沼矛で男神女神がぐるぐるまぜたその国のよう。とてもおそれ多いことです。輝かしい日の御子よ。これが昔からの言い伝えでございます――。

（うむ……）

天皇は、状況に応じて適切な判断をして歌を詠む少女の頭の良さ、機敏な心の働きに感心したのだろう、その罪を許した。

このとき、皇后のワカクサカノ王も歌を詠み、天皇も酔って歌を詠み、ますます上機嫌となった。そこで天皇は先ほどの三重からきた采女の少女を褒めて、たくさんの贈り物を与えた。

この日、前述した春日の乙女、丘に隠れてしまった春日のオドヒメも、天皇に酒を献上した。そこで天皇はこんな内容の歌を詠んだ。

宮仕えの乙女が、か細い手に酒甕を持っておいでだよ。酒甕は落とさぬようにしっかり手に持ちなさい。いよいよしっかりと持ちなさい。酒甕を持つ乙女よ――。

するとオドヒメも、そのお返しに、こんな内容の歌を詠んだ。

わが大君（天皇）が、朝に肘をつき、夕べにも寄りかかる、あの脇息の下板にでも、

私はなりたい――。

天皇のお側近くにいたいという気持ちを、歌に託して返したオドヒメは、もう逃げ隠れすることもなく、天皇の寵愛を受けたことだろう。

＊

これまでの天皇もそうですが、出先で天皇が娘の名を聞くのは求愛のしるしといわれます。

「水こおろこおろ」とあるのは、イザナキノ神とイザナミノ神の二人が、天の沼矛で「塩こおろこおろ」とかきまわして引き上げたところ、「オノゴロ島」ができたという国土創成神話によっています。采女の少女は、酒杯に落ちた欅の葉が島のように浮かんでいるというたとえを、美しく歌ったのです。

「日の御子」は天皇の美称。また「纏向の日代の宮」は、第十二代景行天皇の皇居ですので、ここでそれを歌っているのは奇妙なことです。ですから、この歌は第二十一代雄略天皇と三重の采女を結合させるために挿入されたものと考えられるようです。

5　二十二代清寧天皇から二十四代仁賢天皇の世の中

◇二人の皇子の復権

第二十一代雄略天皇は、百二十四歳で没した。その生涯は殺し、まぐわい（情交）、詠歌といえるかもしれない。

恋心が芽生えれば、ためらいなく娘に声をかけて名前を聞く。そうして多くの娘たちとまぐわいするのだが、生まれた子どもは少なかった。皇后のワカクサカノ王（若日下王）との間に子はなく、豪族ツブラオホミ（都夫良意富美）の娘カラヒメ（韓比売＝訶良比売）との間に一男一女がいるだけだ。

その男子、シラカノ命（白髪命）があとを継いで、のちに第二十二代清寧天皇と呼

ばれる。

けれども生まれつき白髪だった天皇には皇后もなく、子もいなかった。そして没した。史料によると、四十になるかならぬかのときであったようだ。

皇太子がいないとなると、皇位継承が問題となる。雄略天皇は自分が即位するため多くの身内を殺している。このままでは雄略天皇の血が途絶えてしまう。

そこで雄略天皇の血筋のある御子を探し求めたところ、雄略天皇が殺した従兄のイチノベノオシハノ王（市辺之忍歯王）の妹、イイトヨノ王（飯豊王＝忍海郎女）が葛城（奈良県）にいることがわかった。

そこで、このイイトヨノ王がしばらくの間、角刺の宮（奈良県北葛城郡新庄町忍海）で天下を治めた。そのいっぽうイイトヨノ王は、兄の二人の遺児、甥っ子の行方を探し求めた。

すでに述べたように、雄略天皇に父を射殺されたことを知った二人の息子、オケノ王（意祁王）とヲケノ王（袁祁王）は身分を隠して播磨国（兵庫県南西部）へ逃げ延びて、その地の住人であるシジム（志自牟）という者の家にやっかいになり、それぞれ馬飼い・牛飼いに姿を変えている。

その後、シジムは播磨国の有力者となっていた。

あるとき、シジムは新室の完成祝いに酒宴を催した。その酒宴に、播磨国の長官に任命された山部連であるオタテ（小楯）が出席した。

宴もたけなわになった頃、身分の上の者から順々に立ち上がり、次々と舞い踊った。

シジムの家の竈のそばには、火焚き役の少年二人が座っていた。

最後に、火焚きの少年たちにも踊らせることになった。すると、

「お前たちも舞え」

「兄さん、先に」

「いや、お前が先に」

大げさに譲り合う二人を見て、そこに集まっていた人々は、譲り合うような柄でもないのにと笑った。

とうとう兄が先に舞った。次に弟が舞うことになったが、弟は舞う前にこんな内容の歌を歌った。

天下を力強くお治めになった、天下を安らかにお治めになった、かの履中天皇（イザホワケノ王＝伊耶本和気王）の御子であるイチノベノオシハノ王は、私たちの父君です――。

（な、なんだってッ……）

播磨国の長官、オタテは仰天した。

（あの二人が、イイトヨノ王様がお探しになっている少年たち……）

オタテは座っていた席から転げ落ちるほど驚いた。ただちに人払い、すなわち新室にいる人たちを追い払うと、火焚き少年たちのもとへ行き、二人を膝に抱えた。そしてこれまでの二人の悲運を思い、泣き悲しんだ。すぐに仮宮をつくって二人を住まわせた。

むろん大和へは、早馬による使者を走らせた。

この朗報を聞いてイイトヨノ王は喜んだ。甥っ子にあたる二人の皇子、オケノ王（意祁王）とヲケノ王（袁祁王）を、自分の住まう葛城の角刺の宮に引き取った。

こうして二人の皇子は復権するのである。

＊

山部連とは、山林の管理や山の生産物を貢献する部民で、氏族のことです。

第二十二代清寧天皇の没後、二人の皇子が見つかるまで、中継ぎとしてイイトヨノ王（オシヌミノ郎女）が即位していたようです。『古事記』の下巻の初めに、仁徳天皇から推古天皇まで「十九天皇」と記されています。普通は第十六代仁徳天皇から第三十三代推古天皇まで「十八」と考えられるので、十九というのはこのイイトヨノ王を数えていたといわれます。

歌垣で恋争い

イチノベノオシハノ王の二人の遺児、オケノ王（意祁王）とヲケノ王（袁祁王）は国を治める立場となった。

この二人が、まだ天皇の位に就く前のこと――。

その頃、弟のヲケノ王は、菟田首の豪族の娘で、名をオフヲ（大魚）という少女を妻にしたいと思っていた。

ある晩、ヲケノ王は歌垣（うたがき）の集まりに赴（おもむ）いた。歌垣とは、男女が野山や海辺に集まって飲食や舞踏をしたり、歌を歌い合ったりする「集団見合い」のようなもので、自由な性的交わりが許される場であった。

この歌垣に、オフヲも参加していたので、ここでヲケは彼女に求愛しようとしていた。

多くの少女の中からようやくオフヲの姿を見つけだし、近づこうとしたところ、

（やや……）

オフヲの手を先に取る者がいる。平群臣（へぐりのおみ）という大和国（やまとの）の有力氏族を祖先とする、シビノ臣（おみ）（志毘臣）という名の者であった。

お目当ての少女の手を先にとられたヲケは戸惑った。

そんなヲケを嘲（あざけ）るように、シビはこんな歌を歌った。

　宮殿の、あちらの軒のすみが傾いていますよ――。

この本当の意味は、天皇家にはろくな後継者もおらず、傾いているということのよ

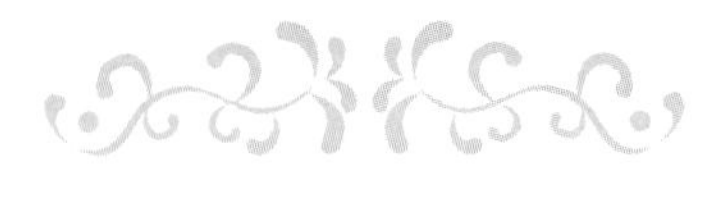

うだ。この歌の下の句を、シビはヲケに求めた。するとヲケは、こんな歌を返した。

宮大工の棟梁（とうりょう）が下手くそだから、傾いたのだ――。

これは、シビを大工の棟梁にたとえ、傾いたのは仕（つか）える者が悪いからだという意味のようだ。

するとシビは、

大君（おおきみ）（ヲケノ王（みこ）のこと）の心が緩（ゆる）んでいるから、臣下の者が幾重にも巡らした柴垣（しばがき）のような歌垣（うたがき）に、とても入れますまい――。

そう、歌った。そこでヲケはこう返した。

潮の寄せてくる、波が幾重にも折り重なってうねるところを見れば、遊び来る鮪（しび）（マグロ）のひれのあたりに、妻（女）が立つのが見えるよ――。